年上旦那さまに愛されまくっています

Haruka & Yukihito

栢野すばる

Subaru Kayano

EB
エタニティ文庫

目次

年上旦那さまに愛されまくっています

プロローグ

春花は、二十一歳になったばかりのＯＬだ。

職業はシステムエンジニアの卵。

都心の豪華なマンションに『旦那さん』と二人で暮らしている。

春花たちの住む家は、いわゆる超高級マンションの一戸で、窓の外には都心の大庭園の緑が広がり、ロケーション的にも最高の場所にある。

ネットでこっそり調べたところ、日本に長期滞在する外国人セレブや芸能人、政治家向けの物件らしい。

お風呂もベッドルームも二つずつ。広い広いリビングに、そのままつながった十畳ほどの台所まである。

本物の大理石が敷きつめられた玄関には、居住者のプライバシー保護のために、専用エレベーターまでついていた。

平凡な春花が、こんな豪邸に住んでいるのはわけがある。

いや……この結婚自体がわけあり、なのだ。

会社の同僚ですら、春花が既婚者であることは知らない。総務の人以外には内緒にしているのだ。

そんな事情を抱えている春花は、今朝も、いつものように朝食の準備にいそしんでいた。

——よし、味噌汁はできた。あとは鮭と、ほうれん草のごま和(あ)えを添えて。

春花は、ガスの火を消して『旦那さん』の分のお膳を整え、食卓に向かう。

——はぁ、それにしても広い家。実家なんて台所を出たら二歩で食卓だったのに！

内心ため息をついて、四十畳はあろうかというリビングダイニングを見渡す。それから、ソファで新聞を読んでいる『旦那さん』に明るく声を掛けた。

「おはよう、雪人(ゆきひと)さん！　今朝は鮭を焼いたの」

春花の声に、ソファで新聞を読んでいた『旦那さん』の雪人が顔を上げる。

雪人は春花より十二歳年上の、いわゆる青年実業家だ。

経済界の名門、遊馬(あすま)家の長男として生まれ、今は一族の経営する複数の企業の取締役を務めている。

本物の超エリート。本来なら、春花とは縁のない世界の人間だ。

「いい匂いがすると思った。朝から頑張ったんだな」

雪人が低い声でそう言ってくれたので、春花は嬉しくなって微笑んだ。

朝の七時前だというのに、雪人はもう着替えを済ませている。いつもそうなのだ。彼は春花の前で緩んだところなど一度も見せたことがない。

――隙がなくて、お侍さんみたい。

見慣れたはずの雪人の姿に、春花はほんの少しみとれてしまった。

それから、くるくるとはねている自分の寝癖に気づいて、慌てて指先で撫でつける。

――私もちゃんとしないと……

春花は改めて、隙のない雪人の姿を見つめた。

きっちりと整えた黒い髪に、引き締まった大柄な体躯。誰もがみとれてしまうような男前だが、厳しい雰囲気が近寄りがたさを醸し出してもいる。

雪人は、名前の通り、凍てついた雪のような男だった。

彼のクールな態度は、誰に対しても変わらない。

普段から感情を表に出さないし、笑みも滅多に浮かべない。言動にも常に抑制がきいていて、まるで氷の彫像のようだ。

「ありがとう」

雪人はいつもと変わらない静かな口調で言い、ソファを立って食卓に移動してきた。

「旨そうだな」

春花が整えたお膳を一瞥し、雪人が低い声で呟く。

どうやら今日の朝食はお気に召してくれたようだ。

「よかった！」

『旦那さん』の言葉に安心し、春花は自分の分のお膳を取りに台所へ戻る。

失敗して焦がした鮭が、春花の分だ。

お膳を手に食卓につき、春花は朗らかな声で言った。

「いただきまーす」

春花のお膳に目をやった雪人が、無言で自分の鮭を取り分けて、春花のお皿にのせた。

「そんなに焦げてたら、君の食べられるところが少ないだろう」

「え、あ、あの、大丈夫。私、焦げてるところが好きだから」

慌ててそう答えた春花の前で、雪人が小さく笑った。

「まだ若いんだからたくさん食え。俺はいい。三十過ぎたらそんなに山ほどいらない」

有無を言わさず、雪人が鮭の切り身を押しつけてきた。

それから彼は、品のいい仕草で味噌汁を口に運ぶ。

「……料理もずいぶん上手くなったな。君と暮らし始めた当初は、どうなることかと思ったが」

雪人の言葉に、春花は真っ赤になって答えた。

「そ、それは！　あの、トマトにお砂糖掛けただけのおかずとか出して、ごめん……なさい……」

その言葉に、雪人が噴き出す。それから、春花に視線を向けた。

「そうだ、春花」

切れ長の形のいい目に見つめられ、春花の胸がドキリと高鳴る。

「そろそろ、離婚しようか」

穏やかな雪人の言葉に、春花の顔から微笑みが消えた。

「りこ……ん……」

「ああ、結婚するときに約束しただろう？」

淡々とした雪人の言葉に、春花は人形のようにこくんと頷く。

「うん……約束……した……」

身体中の血が、すうっと引いていくような気がする。自分の心臓の音が、やけにはっきり聞こえた。

ずっと、いつかは言われる言葉だと心していたつもりだったけれど……急すぎる。春花は無言で、手にした箸(はし)を握りしめた。

「先生が亡くなられて、もう一年経つ。君も働いて貯金ができたはずだから、大丈夫だろう。離婚の責任は俺にあることにして、慰謝料(いしゃりょう)も支払う。とりあえず一千万くらいあれば、当座の生活は問題ないはずだ」

凍りつく春花に、雪人は言った。

「……いつまでも俺といない方がいい。今までありがとう。君は君の新しい人生を見つけなさい」

そう言い終えた彼の顔は、いつもと同じ、鉄壁の無表情だった。

第一章

……離婚しよう。

雪人のその言葉が頭から離れないまま、一日があっという間に過ぎた。

システム開発の会社に勤める春花は、入社一年目とはいえ、かなり多忙だ。

専門学校で情報工学を学び、基礎的な知識をすでに持って入社したお陰で、春花は先輩から仕事を山ほど割り当てられている。

一応、最若手なりに、戦力として期待されているのだ。

しかし今日は、頭が全く働かなかった。

三時間も残業したはずなのだが、何をしたのかよく思い出せない。

春花は通勤用のリュックサックを背負ったまま、ふらふらと帰途についた。

――わかってた。わかってる、うん、大丈夫。離婚するっていうのは、結婚したときからの約束だもん……貯金もできた。独立できる……大丈夫。

足が砂に埋もれたように重い。家に帰りたくない。正確に言えば、雪人と顔を合わせるのが辛いのだ。

雪人の顔を見たら、もう少し側にいたいと泣いてしまいそうだ。

だけどそんな懇願すらも、彼はきっとこんなふうに流すだろう。

『そもそも、結婚は一年間の約束だった』と。

――でも私は一緒にいたい……。お子様で迷惑な存在かもだけど、一緒にいたい。迷惑掛けないように仕事だって家事だって頑張ってるのに、やっぱりだめなのかな。雪人さんは私のこと、嫌いなのかな……

何度も涙ぐみかけたが、泣くのが苦手な春花は泣けなかった。

こんな気持ちでは家に帰れず、何となくカフェに寄って甘い物を摘んでみた。けれど、もう日付が変わる時刻だ。

さすがに明日の仕事のことを思うと、これ以上夜更かしはできない。

――帰りたくない……

春花は明るい色のまっすぐな髪に指を絡め、無意味にくりくりといじり回す。

ピカピカのガラス窓に映るのは、二十一歳にしては、ややあどけない顔をした自分の姿だ。

——結局、成人しても童顔のまんまだ……。うぅ、お母さんは美人だったのに、どうして私はお子様なのかな……

春花はため息をついて、自分の顔から目をそらす。三十になる前に交通事故で亡くなった母は、とても大人っぽく、美しい人だった。一応春花も似ていると言われるけれど、鏡を見てもため息しか出ない。

雪人の隣に立つと、自分が妹か親戚の子にしか見えないこと、彼から相手にされていないことのどちらも、痛いくらいに感じる。

これまで何度も言い聞かせてきたことだ。

『奇跡でも起きない限り、雪人から愛されるはずがない、期待してはいけない』と。

だが、やはり、離婚を切り出されたのは辛かった。

——春花が雪人と出会ったのは三年前。

まだ、春花の父が存命の頃だった。

父は医者で、祖父の代から、東京のベッドタウンで『渡辺医院』という小さな診療所をやっていた。父は祖父の跡を継いだが、春花に『医者になってここを継げ』とは言わなかった。

記憶の中の父が全く贅沢をしていなかったことを思うと、おそらく、あまり条件のいい仕事ではなかったのだろう。

その病院に立ち退き交渉にやってきたのが、雪人だった。

春花と父が暮らしていた町には昔ながらのカフェや公園が多くあり、それが近年脚光を浴びるようになってきていた。『人気の駅ベストテン』に選ばれたりもして、ここ数年でマンションもたくさん建ち、駅ビルも改装されるようになっていた。

その開発プロジェクトをメインで請け負っていた会社が、雪人が役員を務める『遊馬土地開発』だった。

三年前のあの日、雪人に診療所の移動を打診された父は、こう言った。

『あと一年ほどで診療所は畳もうと思っているのです。それまで、待ってもらえませんか』

当時のことを思い出すだけで胸が苦しくなる。

父は、春花が中学生の頃から病に冒されていた。そして専門の病院に通い、闘病を続けながら、診療所に通ってくる患者さんたちを診察していたのだ。

病気が日に日に悪化し、痩せ細っていく父と暮らすのは、悲しかった。

周囲の人は『お父さんには、悔いの残らないように過ごさせてあげて』と助言してくれたが、春花は嫌だった。死んでほしくなかった。たった一人の家族なのに……

父は穏やかで優しい人だった。

母がいない春花に寂しい思いをさせたくないと言い、いつも一緒に朝食をとってくれた。『春花には反抗期がなかった』と笑われたくらい、春花は父のことが大好きで、あの暮らしがずっと続くのだと信じ切っていたのに……

『病気は必ず治す。春花を一人にしない。春花のことはママと約束したんだから』

……ずっと言ってくれていたそんな決まり文句を口にしてくれなくなったのも、ちょうど、雪人が診療所を訪ねてきた頃だ。

それはつまり、父が、余命を宣告されたあたり……

『先生は、なぜあと一年でこの診療所を畳まれるのですか？　こちらはかなり評判もいいようです。駅ビルの最上階に医療施設のフロアを設ける予定ですので、そこに有利な条件で移動されてはどうでしょうか。こちらとしても、移転に関して色々と無理なお願いをするのですし……』

戸惑った様子の雪人に、父は朗らかに答えた。

『私は身体を壊しているので、もう診療所は続けられないのです。いついなくなるかわからない医者なんて、患者さんに迷惑を掛けますからね』

もってあと二年、と言われた父は、患者さんを一年掛けて他の病院に引き継ぎ、病院を畳んで療養に移るつもりだったらしい。

『診療所を畳んだあと、こちらの土地をお譲りすることに異論はありません。跡地はマンションになるんですか？　いいですね、このあたりに人が増えるのは。私と娘が育った町ですから愛着がありましてね、ずっと住み継(つ)がれる場所になるといいですね』

父の声が、春花の脳裏(のうり)に鮮(あざ)やかによみがえる。

――お父さん……

思い出に沈み込みそうになった春花は、スマートフォンが震えていることに気づいて我に返った。メールが何通か来ている。送り主は雪人だ。

帰りが遅いがどうかしたのか、迎えに行った方がいいのかと書かれている。

冷たいけれど過保護な雪人のことだ。春花が真夜中まで連絡なしで戻らないので、心配しているに違いない。

……そう、まるで父親のように。

不思議なことに、父と雪人は『立ち退(の)き交渉をしに来たビジネスマンと地権者』という間柄とは思えないくらいに意気投合していた……ように見えた。

特に重要な用事がなくても、雪人はふらりと父の診療所や、ときには家にまでやってきた。そして、二人で何かを話し込んでいた。

――何を話していたんだろう、お父さんと雪人さん……

春花は、父と雪人の間に交(か)わされていた会話がどんなものなのか、よく知らない。

しかし、どうやら雪人は、二十歳近く年上の春花の父に、何らかの友情を感じていたらしい。

だから、友人の娘である春花のことを、非常に手厚く保護した、ということのようだ。

――わかってる、雪人さんは私のことを、友達から預かった子どもだと思ってるだけ。

脳裏に、これまでの雪人との思い出がよみがえる。

春花はため息をつきつつスマートフォンを操作し、保存しておいた画像を開いた。

桃色の振り袖を着て微笑む春花と、スーツ姿で無表情の雪人が並んでいる写真。

成人式には、雪人が買ってくれた振り袖を着て出席した。そのあと、彼が迎えに来てくれて、写真を撮ってもらったのだ。画像のデータも、そのときに提供してもらった。

『俺はいい』と拒む雪人に懇願して、一緒に撮影してもらった大事な一枚。

雪人と二人で写った写真はこれしかないので、春花の宝物なのだ。

しばらくそれを眺めたあと、春花はメールを立ち上げた。

『仕事で遅くなりました、ごめんなさい。もうすぐおうちです』

その一文を打ち込み、春花はカフェを飛び出した。

――私は雪人さんが好きだからずっと一緒にいたい。でも私は……ただの保護対象だし、迷惑を掛けているだけ。助けてもらっているのに、これ以上わがままは言えない……

わかりきった事実が春花の胸をえぐる。

冬が訪れた都心の町を走り抜け、春花はマンションのエントランスに駆け込んだ。エレベーターに飛び乗ったとき、スマートフォンが鳴った。

慌てて電話に出ると、雪人の不機嫌な声が飛び込んでくる。

『今どこにいるんだ。迎えに行くから、うろうろしないで待っていなさい』

どうやらかなり不機嫌なようだ。

朝切り出された離婚の話に、まともに返事をしなかったからだろうか。

「大丈夫！　今もう、エレベーターの中だから」

そう言って電話を切ると同時に、エレベーターが最上階についた。春花は眼前の玄関扉を開ける。

「ただいまぁ」

ちゃんと今日も、明るい声が出せた。

――ああ、私また笑ってる……。

父の闘病が始まった頃から、春花はどんなときでも明るい声が出せるようになった。

それ以来、どんなに悲しくても自分の心を見せずにニコニコすることが得意になっている。

今日も明日も、家を出て行く日も、きっと笑顔でいられるだろう。心はズタズタになっていたとしても……。

「遅い。連絡も寄越さず何してたんだ。新人なのに、こんな時間まで仕事があるのか」

不機嫌な顔をした雪人が、腕組みをして壁にもたれかかっている。威圧感のあるその表情に一瞬すくみつつも、春花は笑顔で彼に謝罪した。

「ごめんなさい。最近忙しくって。ちゃんと連絡すればよかった」

「君に何かあったら先生に申し訳が立たない。俺としては、責任を持って預かっているつもりなのに……そんなことじゃ、いつまでたっても独り立ちさせられないだろう？」

不良娘を叱るような口調に、春花はうつむいてしまった。

「はい、気をつけます……」

何も答えず、雪人が部屋の中に引っ込んでゆく。春花は無言で彼の広い背中を見送った。

雪人の冷ややかな表情が胸に突き刺さり、痛くてたまらない。

——もう、潮時なんだなぁ……私はこの家を出て行かなきゃいけないんだ。今までみたいに、二人で過ごせなくなる……

春花は自分の部屋に飛び込み、クッション代わりの縫いぐるみを抱きしめた。

一緒に暮らし始めた当時、なぜか雪人が買ってきてくれた、おまんじゅうのような熊の縫いぐるみ。子ども扱いされたことはちょっとせつなかったけれど、春花にとっては愛しい宝物だ。

ふわふわした縫いぐるみを抱いたまま、春花は唇をかみしめた。

雪人が好きだ。

父を訪ねてくる彼を、葬儀に駆けつけてくれた彼を、ひとりぼっちになって泣いているとき、黙って側にいてくれた彼を……好きになった。

その気持ちは、一緒に暮らしたこの一年で強くなる一方だ。

――相手にされていないなら、出て行かなきゃいけないなら、最後に……自爆しちゃおうかな！　そうだよね、黙って出て行くより、自爆の方がいいに決まってる。

柔らかな縫いぐるみに顔を埋め、春花は身じろぎもせずに考えた。

どうせ叶わぬ恋ならば、最後にきっぱり砕け散って諦めるのもアリだ。

そう考え始めたら、それが正解のような気がしてきた。

雪人に言おう。大好きだから一緒にいたいと。迷惑は掛けないし仕事も頑張るから、一緒に暮らしてほしいと。

……それでだめなら、この恋心に蓋をしよう。いつか消えてなくなる日まで、この恋のことは忘れよう。

指を縫いぐるみに食い込ませ、春花は勇気を奮い立たせた。

振られる心構えをするのは、途方もなく怖い。だが、そうでもしなければ雪人への想いは諦められそうもなかった。

雪人の引き締まった口元が、愁いを帯びた横顔が、春花の脳裏に浮かび上がる。

いつも彼を見ていたからだろうか。目をつぶれば、まるで彼が側にいるかのように、その姿を思い描くことができる。滑らかな肌、黒く艶のある髪、筋肉の浮いたしなやかな腕。

出会ったその日から、父の葬儀に駆けつけてくれた日のこと、そして一年間一緒に暮らしてきたこと……。春花は雪人のことなら、どんな細かいことでも覚えている。

父の葬儀の日。

春花は、圧倒的な悲しみに疲れ果てていた。愛する父がもういなくて、一人きりになってしまったのだという絶望に押し潰されて、涙も出ないまま弔問客に頭を下げていた。

『春花ちゃんは泣かないんだねぇ』

揶揄するようにそう言ってきた遠い親戚の言葉を、ぼんやりと思い出す。

彼らは、父の壮絶な闘病死に泣き叫ぶ可哀相な少女の姿を、心のどこかで期待していたに違いない。

それなのに春花は父の死を嘆きもせず、人形のようにペコペコ頭を下げているため、不満に思ったのだろう。

少なくとも春花の耳には、彼らの言葉はそのように聞こえた。

春花に寄り添ってくれたのは、祖父の代からの患者さんたちと、父の友人たちだった。

彼らは親戚でも何でもないのに、やみくもに動き回ろうとする春花を休ませてくれ、代わりに色々な作業を引き受けてくれた。

雪人もそうだ。彼は、父の訃報を知って駆けつけ、ずっと春花を励まし、そして余計なことを言いに来る親戚をそれとなく遠ざけてくれたのだ。

『俺では先生の代わりになんてなれないだろうが……春花さんが安心できる日まで、俺が側にいる』

弔問客(ちょうもんきゃく)が大体捌(さば)けた夜、そう言って肩を抱いてくれた雪人の顔を、はっきりと覚えている。

だが、雪人には、春花への恋愛感情などない。

彼が春花と結婚してくれた理由は、天涯孤独(てんがいこどく)になった『友人の娘』である春花を保護するため。

そして、雪人が『強(し)いられた政略結婚』から逃れるためなのだ。

『性格の合わない婚約者と婚約破棄したい。だから、一年だけでいい。協力してほしい』

父を亡くしてから一月(ひとつき)ほどたったころ。春花は雪人にそう頼まれ、受け入れた。

雪人が困っているならば助けたいと思ったからだ。

――私と偽装結婚して、婚約破棄しようとしたくらいだもの。どのくらい嫌だったのかな、婚約者さんとの結婚が。

婚約者のことを雪人に聞いても、もちろん詳しくは教えてくれない。ただ『俺と彼女は合わなかった、いい関係を築けなかった』と言っていただけだ。

とにかく、この偽装結婚のお陰で、春花は住む家と安心を、雪人は婚約者と結婚しなくていい理由を手に入れた。

そしてきのう、雪人は『当初の約束通り、一年目の結婚記念日で終わりにしよう』と言い出したのだ。

でも、春花は雪人と別れたくない。

図々しいのはわかっているけれど、春花は、自分を助けてくれた雪人のことが好きだ。

春花は、顔をセーターの袖で擦（こす）った。

やはり涙はこぼれない。泣けない人間になったのだな、とぼんやり考える。

ふと気づくと、傍（かたわ）らに投げ出したスマートフォンがメッセージの着信を知らせている。

『渡辺さん、土曜の飲み会来る？　その後石田（いしだ）先輩の家でオールでゲーム大会やるんだけど』

先輩の青山優（あおやまゆう）からのメッセージだった。彼は確か二十七歳。優秀なエンジニアで人当たりもよく、イケメンで皆から慕われている兄貴肌の青年だ。

専門卒で入社してきた春花のことも気に掛けていて、こうやってこまめに社内のイベントに呼んでくれる。

——オールナイトでゲーム大会か、楽しそうだな。

石田先輩は奥さんもかつて同じ会社に勤めていて、夫婦で若手社員を呼んで色々なイベントをしてくれる人だ。ゲーム大会に行ってみたい気持ちはあったが、すぐに諦めた。

雪人が『女の子が外泊なんてもってのほかだ』と怒るに決まっているからだ。

お父さんより厳しいな、と思いつつ、春花は丁重に断りのメッセージを送る。

『渡辺です。家族が厳しいので泊まりには行けないんです。飲み会は参加できそうだったら、また連絡します！』

そう返事をして、ため息をつく。

渡辺というのは、春花の旧姓だ。

『遊馬春花』と呼ばれたことはない。

——私が離婚しても、会社の人は何も気づかないんだよな。旧姓で働いてるし、総務の人には結婚してることを黙ってもらってるし……。私が『遊馬春花』だった事実は、ほとんど誰にも知られないまま、消えちゃうんだ。

むなしさと寂しさが胸をかきむしる。

——私、雪人さんがどうしても好き……

改めて自覚すると、その恋は消せない炎として燃え上がる。

偽装結婚した日から、毎日言い聞かせてきた。

『いつか別れるんだから、彼に恋するのをやめなきゃ』と。

けれどこの一年、恋心をなくすことはできなかった。何をどうやっても、春花の恋心を消す消しゴムは見つからなかったのだ……

離婚を切り出されてから数日、その話題には触れない日々が続いた。

気まずい空気を払拭（ふっしょく）するために明るく振る舞いたいのだが、話をすれば、いつ正式に離婚するかの話題になるかもしれない。それを避けたくて、自然と口が重くなってしまう。

雪人も妙にぼんやりしていて、春花の話に生返事をするだけだ。

――雪人さんってば、最近は毎晩お酒飲んで帰ってくるし……どうしたんだろう。今までは滅多にそんなことなかったのに。

春花と雪人は実質的には夫婦ではないので、この一年間、ただの同居人として暮らしてきた。

二人で淡々と朝食をとり、予定が合えば夕食も一緒に食べる。

春花がこの家に住まわせてもらう代わりに、家事をできるだけ担う。それだけの関係だ。

お風呂も寝室も二つずつあるこの家では、二人の共用部分は広いリビングルームだけ。

春花は雪人の寝室に入ったことはないし、彼が春花の部屋に来たこともない。暗黙のルールで、お互いの領分を侵さないように暮らしてきたのだ。

――だから、私がしようとしていることは、ルール違反……

雪人より早く帰ってきた夜、春花は身支度を整え、勇気を振り絞ってそっと雪人の寝室の扉を開けた。

――勝手に入ったら、きっと嫌がるよね……

不機嫌な雪人の顔を想像した瞬間、足がすくんでしまった。

だがすぐに『自分にはもう、あとがないのだ』と思い直す。

どうせ振られるのであれば、死に物狂いになってから振られたい。

もう二度とこの恋が叶う日は来ないのだと納得して、彼のもとを去りたいのだ。

だから、今夜彼に告白してみる。

『雪人さんの本当の奥さんにしてください』と。

おそらく雪人は、春花のこの申し出をきっぱりと拒むだろう。

何しろ彼にとっては春花は子ども。それも、友人の娘でしかないのだ。

それならば、雪人の口から『君のことは絶対に抱かない、女性として見られない』とはっきり言われたい。このじくじくと膿んでいる恋心に引導を渡してほしい。

――そこまできっぱり振られたら、私、きっと雪人さんを諦められる。うん、多分きっと……諦められる……よね？

そう思い、春花は唇をかんだ。

訪れた雪人の部屋は、ひどく殺風景だった。

ベッドに机と椅子、それから難しい本が詰め込まれた本棚があるだけ。椅子の背には、ルームウェアのカーディガンが投げ出されている。

ふと、春花の鼻先を、爽やかな匂いがくすぐった。春花の大好きな、雪人の匂いだ。

——そういえば、雪人さんっていい匂いがするんだよなぁ。カーディガンに香水とかつけてるのかな？

思わず手を伸ばしカーディガンを抱きしめたとき、遠くで玄関扉の開く音がした。

春花はカーディガンを抱いたまま、部屋の中を右往左往する。

——か、帰ってきちゃった！　どうしよう！

急激に後悔が押し寄せる。

思い詰めた末の行動とはいえ、やっぱり、部屋に勝手に入るなんてよくなかった。慌ててそこから出ようとしたが、すでに足音は近づいている。

手遅れだ。

——うう……怒られる……！

春花がカーディガンを抱きしめたまま身をすくめた瞬間、部屋の扉が開いた。

「……びっくりした。何してるんだ」

コートとバッグを手に、雪人が目を丸くしている。かすかに漂ってくる煙草とお酒の匂い。今日もまたどこかのバーに寄ってきたのだろうか。

彼の目線は、春花が抱きしめているカーディガンに注がれていた。

「ご、ごめんなさい！」

雪人の姿を見た瞬間、先ほどまでの勇気は吹っ飛んでしまった。

春花は半泣きになりながら、慌てて言いつのった。

「わ、私、お嫁さんにしてもらおうと思って……あの……」

パニック状態で口にした直後、さっと我に返って頭に血が昇った。耳も顔も熱くてたまらない。

――な、なにを馬鹿なことを言ってるの……。唐突すぎるでしょう?

「もう嫁だと思うが」

予想通りのクールな返事が返ってきた。

雪人は肩をすくめ、バッグを椅子の上に置く。それからコートと背広をハンガーに掛け、クローゼットに押し込んだ。

「それ、着るから貸しなさい」

春花は我に返り、抱きしめていたカーディガンを震える手で差し出す。

「……俺の部屋で何をしていたんだ」

呆れたような口調だった。答えられず、春花は唇をかみしめる。

「ゆ、雪人さんが帰ってくるのを待ってた」

勇気を振り絞ってそう答えたが、雪人の反応はなかった。

「私は、あの、私は、雪人さんが好きだから、ちゃんと本物の奥さんにしてほしかっ……」

話が上手くまとまらず、だんだん惨めになってくる。

雪人からは、相も変わらず冷静な気配しか伝わってこない。

「どういう意味だ」

「あ、あの……き、キスとか……してほしかっ……」

抱いてくれ、なんていう勇気はやっぱり出てこなかった。

恐ろしくて脚が震える。そんな春花に、雪人が追い打ちを掛けるように言った。

「……馬鹿馬鹿しい」

雪人が背を向けて部屋を出て行こうとする。

春花ははじかれたように、雪人の背中に飛びついた。

「待って！」

足を止めた雪人に、春花は必死に言いつのる。

「私、本当に雪人さんが好きなの。好きだからまだ一緒にいたいの！」

「俺は、君の保護者だ。君は依存を恋だと錯覚しているだけだ、冷静になりなさい」

雪人の他人行儀な言葉に、かあっと頭に血が昇った。

「違う！」

自分でも驚くくらいの声で、春花は雪人の言葉を遮った。

「子ども扱いされるの、もう嫌なの！」

雪人が驚いたように振り返る。長い髪をぐしゃぐしゃに振り乱して、春花は言った。

「私、成人式に出たんだよ。着物買ってくれたんだから覚えてるでしょ？　今はもう、お金だって頑張って稼げてるし。これからもちゃんと働いていく。だから、子ども扱いしないで！」

その言葉に、雪人が眉根を寄せた。

彼の表情は、怒っているというよりは、痛みをこらえているように見える。

「……そんなことを平気で言うから、君は子どもなんだ」

春花は雪人をにらみつけて、精一杯迫力のある声で言い返す。

「子どもじゃない。私、ちゃんと雪人さんの奥さんにしてほしいの。だって好きだから。それがだめなら、今すぐ出ていく。好きな人に振られたら、一緒にいるのは辛い。だからそのときは、ちゃんといなくなるから」

雪人が、かすかに口元をゆがめた。

「たとえ相手が俺であっても……男に、気軽に好きだとか言わない方がいい。君は、男のことなんか何もわかっていないんだ」

やはり雪人は揺らがない。

春花のことは、選んでくれない……

そう実感した瞬間、春花はカッとなって言い返していた。

「そんなことない。私だってちゃんと知ってる。……だって男の先輩が会社にはいっぱいいるし」

言ってから、虚勢を張りすぎたと後悔する。

正直に言えば、春花は男性とまともに交際した経験などない。手もつないだことがないくらいだ。

緩（ゆる）やかに弱っていく父との暮らしに精一杯で、男の子にかまける時間など、春花にはなかったから……

「……何を知ってるんだ？」

そう言った雪人の様子がいつもと違うことに、うつむいていた春花は気がつかなかった。だから、そのままの勢いで続けてしまう。

「私、雪人さんが思ってるほど子どもじゃない。けっこう色々知ってるんだから！　会社の先輩とかと遊んだときに覚えたし」

春花は顔を上げ、酒の席で先輩たちが交（か）わす他愛のない下ネタを思い浮かべながら答えた。

先輩たちはいわゆる理系男子が多く、大体が穏やかで優しい。だから下ネタも女子社員に配慮してあまり言わないのだが、それでもたまには耳にすることもある。そういうことをちらっと聞いているから、春花とて完全に無知というわけではないのだ。

「そうか」

雪人が薄笑いを浮かべ、春花の身体を壁に押しつけた。

――え？

突然の乱暴な仕草に、春花は驚いて目を見張る。

近くに雪人の顔が迫っていた。

「それは聞き捨てならないな、何を覚えたんだ、春花」

何が起きたのかわからず目を丸くする春花に、雪人が言う。

彼の視線はいつもと同じで冷たいままだが、絡みつくように春花を見据えている。

「だ、だから、男の人のこと……を……」

雪人の視線に動揺し、春花は小さな声で答えた。

酔っ払った真っ赤な顔で『三十過ぎると毎晩はエッチできない！』と言って周囲の爆笑を誘っていた新婚の先輩や、『徹夜続きで疲れすぎると、逆に朝勃ちがすごくて焦る』と言っていた同僚の男性。彼らの話を思い出し、急激に恥ずかしくなってしまう。

――ちょっ……！　こんなのを雪人さんに言うの……？　無理！

春花は頬を染めて、ぷいと顔をそらした。

「べ、べつに、一般常識的なことだけど」

「ふうん、それは……腹立たしいな」

雪人が、ほとんど聞こえないくらいの声で呟いた。

——ん？　雪人さん、今なんて言ったんだろう？

雪人に視線を戻すと、彼が切れ長の目をすっと細めた。

「じゃあ、どれだけ子どもじゃなくなったのか、保護者の俺に報告してもらおうか。君の言う『男と遊んで覚えた一般常識』とやらを俺にも教えてくれ」

雪人の手が、春花の顎をくいと上向かせる。

何を、と尋ねる間もなく、春花の唇が雪人の唇で塞がれた。

——え……っ？

キスされている、と理解したのは、数秒経ってからのことだった。

目を丸くしたままの春花の腰が、雪人の腕でぐいと引き寄せられる。

たくましい胸に抱きすくめられ、春花は硬直した。こんなふうに抱きしめられて、キスされたのなんて、生まれて初めてだ。どうしていいのかわからず、春花は慌てて雪人の胸を押しのけようとする。

だが、春花の力では、彼の身体は揺らぎもしなかった。

キスをされたまま、春花はぎゅっと目をつぶる。うっすらとお酒の味のする舌が、春花の唇を割って入ってきた。

「……っ？」

驚きのあまり、思わず声を漏らしてしまう。

雪人が顔を傾けると同時に、春花の舌先が雪人のそれでツッと舐められた。

繰り返し舌先をつつかれて、春花の身体が抑えようもなく火照(ほて)り始める。

肩で息をしながら、春花は必死で雪人の様子をうかがおうとした。

雪人の顔が、ゆっくり離れる。

彼は笑っていなかった。

何の感情も浮かんでいない目で、春花をじっと見つめている。

「なんでそんなに驚いた顔をするんだ。会社の先輩とやらに習ったんじゃないのか。さすがに、このくらいのことはもう知っているんだろう？　俺にキスをしろと言ったのは君なのに、なぜそんなにびっくりした顔をする？」

なぜ彼は、急にこんな真似をするのだろう……。動転して、思わず反論してしまう。

「ち、違……こんなの、習ってな……っ！」

今のは、ファーストキスだ。二十一にもなって奥手すぎる……と笑われるかもしれないが、子どもの頃に父がほっぺにキスしてくれた以外、こんな経験はない。

自分に対して無関心だった『保護者』に突然キスされた衝撃で、頭の中が真っ白だ。

嬉しい嬉しくない以前に、驚きすぎて言葉も出ない。

ふと気づけば、膝がかたかたと震えていた。

そのくらい、雪人のキスは激しくて怖かったのだ。

「では、何を習ったんだ。俺に教えてくれ。君はもうなんでも知っているんだろう?」

低い声で言った雪人が、再び春花の唇を奪う。

壁に押しつけられているので、これ以上後ろに下がれない。カタカタと膝頭を震わせながら、春花はただそのキスを受け止めた。

確かに、キスをしてくれと言ったのは自分だ。

けれど、想像していたよりも雪人のキスが激しくて、怖い……というか、重い……というか、上手く言葉にならない。

心臓がドキドキし過ぎて、息が苦しくなってきた。

ゆっくりと唇を離した雪人が、春花の顔を両手で包んだまま尋ねる。

「俺に言ってみなさい、何を教えてもらったのか。……答えによっては許せないかもな」

低い声で問われ、春花は子犬のようにぷるぷる震えながら口を開いた。

「せ、先輩は、新婚さんだけど、三十過ぎたら毎日エッチできないって……あ、あと、別の先輩は……徹夜続きだと、あ、朝、元気になって不思議だって……」

言っているうちに羞恥で頭が爆発しそうになる。

きっと今、春花の顔はゆでだこよりも真っ赤に違いない。

無表情だった雪人が、徐々に怪訝な顔になる。

――こ、こんなの言わされるの、恥ずかし……っ。

見る見る泣きそうな顔になる春花がおかしかったのか、雪人は薄い笑みを浮かべた。

「……本当にそんなことを習ったのか？」

顔の近さにドギマギしつつ、春花は視線をそらして小さな声で答える。

「そ、そう……。飲み会で皆が話していて」

「ふうん、そうか。全く君には驚かされる。あまり焦らせないでくれ」

雪人はそう言って、目を伏せて小さく息を吐く。

「だ、だから、だから……子ども扱いはやめて……」

春花が蚊の鳴くような声で念押しした刹那、雪人が春花の腕を引いて大股に歩き出した。

「きゃっ！」

驚く春花の身体を軽々と抱えて、ベッドの上に投げ出す。

「そう、じゃあお望み通り、子ども扱いは今からやめようか」

ベッドに転がされたまま呆然としている春花に、雪人が静かな、しかしはっきりとした口調で告げた。

そして春花を見下ろしたまま、雪人が長い指でネクタイを解き始める。

「まずは、自分が何を知らないのかくらい、知っておいてくれ」

ネクタイを放り出した雪人が、スプリングをきしませてベッドに乗り、春花の身体にゆっくりと覆い被さってきた。

「他の男に妙なことをされたのかと思って、腹が立って仕方がなかった。何でこんなに腹が立つんだろうな……本当に、最近、自分が制御できなくて困る」

「な、何、どうしたの……」

春花は、間近に迫った雪人に尋ねた。心臓がドキドキし過ぎて、苦しいくらいだ。

雪人の感じがいつもと違う。いつもはもっと距離があって冷たくて……春花をこんな焼けつくような目で見たりはしない。

なのに今の雪人からは、ひりひりした苛立ちのようなものを感じる。

本能的に、彼の側から逃げたくなってきた。

今から食べられる小動物ってこんな気持ちなのだろうか。春花は反射的に、そんなことを考えた。

「雪人さ……ん、く……っ」

ベッドに組み伏せられ口づけをされた瞬間、春花の身体の芯にじんとした疼きが走った。

思わず両脚を閉じ合わせた春花の口に、雪人の舌が割り込んでくる。

「っ……う……」

身体中がむずむずして、恥ずかしくて、身体をよじった。ベッドがきしみ、雪人の膝が春花のぎゅっと閉じた両膝を強引に開かせる。

反射的に、転がっていた枕を握りしめた。

唇に雪人の熱い吐息を感じ、春花の身体が火照り始める。

身体の奥のむずむずした感じが強くなってきて、春花はたまらず小さく声を漏らした。

「ん……！」

自分の喉から出た妙に甘ったるい声にぎょっとする。

恥ずかしくてどうしようもなくなり、目から涙がにじんできた。

雪人がゆっくりと唇を離し、春花の顔をのぞき込んで、唇を弓の形に釣り上げる。

「そんな声も出せるんだな」

「え、何？　どんな声……っ……ああ……っ！」

スカートから忍び込んだ手が、春花の内股をつうっと撫でる。

雪人と自分がこんなことをしているなんて信じられない。自分で誘っておいてなんだが、まさか現実になるとは思わなかったのだ。

涙ぐむ春花の太腿が、雪人の指先で何度も撫でられる。春花はストッキングをはくのが嫌いなため、スカートのときはいつもハイソックスでごまかしていた。だけどこの場合、それが裏目に出たようだ。素肌を晒すことの無防備さを実感させられる。

「や、やめて、恥ずかしい、やっぱり……っ」

「ん？　『奥さんにしてほしい』んじゃなかったのか」

どうやら雪人はちゃんと話を聞いていたようだ。あまりの羞恥(しゅうち)に唇を震わせる春花に、続けて言う。

「なぜ嫌がる？　望み通りのことを全部してやると言っているのに」

「で、でも、でも、わたし……っ」

心の準備が、できているつもりでいて、全くできていなかった。

まさか本当にこんなことをされるなんて思っていなかったのだ。

子ども扱いされて、断られて、一人家を出る準備をしながらメソメソするはずだったのに……

「あの、ごめんなさい、恥ずかしいから今日はいい……っ、こ、今度、来週とかで」

情けないことを訴える春花に、雪人が薄く笑ったまま告げた。

「まず一つ目、覚えておけ。ここまで来て止められる男なんていない」

春花の伸びきったセーターをぐいとまくり上げ、雪人が片眉を上げる。

「……面白いものを着てるんだな。色気はないが、まあ、春花らしいか」

彼はしばらく考えていた様子だったが、ほどなくしてキャミソールとブラが一体化した下着を、勢いよく胸の上まで引っ張り上げた。

「きゃあっ！」

今度こそ春花は悲鳴を上げた。

むき出しの乳房が夜の空気に触れ、先端がきゅっと硬くしまったのがわかる。

雪人の視線を感じ、春花は必死で抵抗した。

「み、見ちゃだめっ！　……やだぁ……っ！」

混乱する春花の乳房の先端に、雪人の唇が落ちてきた。

「あぁ……っ！」

軽い音を立ててそこを吸われ、思わずのけぞってしまう。

「あ……だめ……いや……っ……」

必死で腕を突っ張って抵抗するが、雪人を押しのけるには力が足りなかった。乳嘴（にゅうし）に刺激を感じるたびに身体が熱くなる。

「は……あ……っ」

雪人が膨（ふく）らみから顔を離し、春花の唇に貪（むさぼ）るようなキスを降らせた。

春花はされるがままに、そのキスを受け止める。

頭の芯がぼんやりして、何も考えられなくなってきた。雪人の片手がもう一度スカートの中に伸び、春花のショーツをゆっくりと引きずり下ろす。

今更ながら、春花は自分がこんなときにどう振る舞えばいいのか、全くわかっていないことに気づいた。

——わ、私も何かした方がいいの？　どうしよう、どうしよう……！

戸惑う春花の脚から下着が引き抜かれる。

——だ、抱きついて、いいのかな……？

春花はぎゅっと目をつぶり、思い切って雪人の背中に腕を回してみた。

硬くて広い背中の感触に、春花の身体の芯がぞくりと震える。初めて知る男性の身体のたくましさに、春花の胸が激しく高鳴った。

その瞬間だった。

「いやぁっ！」

あり得ない感触に、春花の唇から悲鳴が漏れる。

雪人が茂みの奥の濡れた裂け目に触れたからだ。

「何？　だめ、だめぇ……っ……」

こんなところに触られるなんて信じられなかった。だが、のし掛かられているうえ、巧みに動きを封じられていて、彼の行為に抗うことができない。

雪人の指先が、焦らすように何度も茂みの中を行き来する。触れられた粘膜が、春花の意思とは関係なく、幾度も小さく収縮した。

「あ……あぁ……っ」

指での愛撫に、下腹の奥が強く疼く。思わず身体をくねらせた春花の耳に、雪人が囁きかけた。

「可愛いな、こんなに濡らして」

笑いを含んだその声には、明らかな情欲がにじんでいる。低い声が耳朶を震わせた瞬間、春花の蜜窟の奥から、じわりとぬるい雫がにじんだ。

開かれた脚の中心で、閉じ合わされた襞のあわいがひくりと震える。

その場所が、雪人の指先で触れられるたびに、意思ある花びらのようにピクピクと蠢いてしまう。

春花の身体の反応に満足したのか、雪人の指がつぷ、と音を立てて蕩けた泉に沈んだ。

「……っ、ひっ」

信じられない行為に、春花は必死で声を殺して耐える。

雪人の指が、浅い部分をくるりとひと撫でした。

その動きだけで、春花のその部分はきゅっと窄まって、彼の指先をくわえ込んでしまった。

「いい反応だ」

雪人はそう呟くと、さらなる深みに指を進めた。

突然開かれた花襞が、異物の侵入を拒むようにびくびくと蠕動する。

「だめ……ゆび……だめ……ああ……っ」

息を弾ませる春花の身体が、再びビクンと跳ね上がる。

雪人の指はぬるついた蜜を纏い、緩やかに春花の中を行き来した。

「あぁ、雪人さん……っ、これ、だめ……ぇ……」

気づけば、春花は雪人の背中に縋りついていた。

あられもない格好で彼の指をきゅっとくわえ込み、腰を浮かせて息を乱している。

「抜いて、お願い、手が汚れ……ん……っ！」

春花は半泣きになって懇願した。

耳元で響く雪人の呼吸が、かすかに苦しげに曇る。

抵抗など許さないと言わんばかりに、雪人が春花の唇を再び塞ぐ。

もう、何も考えられなかった。秘部を指先で弄ばれ、舌先を舐られて、身体の力がまるで入らない。

「ん……ふ……っ……ぅ……」

春花の目尻から、涙が一筋伝い落ちた。

怖いのに気持ちがよくて、わけがわからない。身体中が溶けてぐにゃぐにゃになってしまったように感じる。

「う、んっ……」

キスされたまま、春花は指の快楽から逃れようと、懸命に腰を揺らした。

だが、そんな抵抗は無駄だった。一度するりと抜けた指が二本に増えて、さらに春花の隘路をこじ開ける。

「んー……っ！」

雪人の指を呑み込んだ蜜窟が、意図せずぎゅうっと収縮した。

「……嫌か？」

ふと、唇を離した雪人がそんなことを呟く。我に返った春花は、慌てて首を振った。

嫌ではない。こんな行為は初めてで、どうやって受け止めていいのかわからないだけだ。だが、それをどう言葉にしていいのかわからない。

「え、あ……嫌じゃ……ない……」

かすれた声でそれだけ答えた刹那、中を満たしていた雪人の指が、ずるりと音を立てて抜かれた。

「あ……！」

その刺激だけで、春花の不慣れな身体がひくりと震える。

脚の間に陣取っていた雪人が、身体を起こした。

「……今日はやめよう。取り返しのつかないことをしそうだ」

雪人が苦しげにそう言い、ぬらりと濡れた指を一瞥してため息をついた。

どうしたのだろう、と春花はぼんやり彼を見上げたが、すぐに我に返り、めくり上げられたキャミソールとセーターを直した。

「なんでやめるの？」

先ほどまで散々弄(もてあそ)ばれていた身体が重くて仕方がない。

だが春花は気合いで起き上がり、雪人のシャツの袖を引っ張って尋ねた。

「私、変なことした？」

「いや、違う。俺がおかしいだけだ」

雪人が、春花の目を見ずに低い声で呟く。

「どうして？　私は平気だから」

振り向いた雪人が、かすかに目を細めた。

「俺は、どうかしていたんだ。先生から預かった君に、俺は何を……」

雪人の額(ひたい)にうっすら汗が浮いている。あまり顔色もよくない。

――どうしたんだろう？

心配になりつつも、春花は雪人のシャツの袖を掴んだまま言った。

「今、お父さんは関係ないよ。私、雪人さんの本物の奥さんになりたいの。だから……っ！」

春花の指先から、雪人の腕が離れた。

言いつのる春花の腰に、その腕が回る。

抱き寄せられた、と思った瞬間、耳元で雪人の疲れたような声がした。

「何度も言うが、これ以上したら本当に止められない。今の俺はどうかしている。保護者でいられそうにないんだ」

「いいの。それでいいんだよ。保護者になってほしいなんて、私は思っていない！」

雪人の胸に抱き込まれたまま、春花は力強く答える。ちょっと怖いけれど、本気で奥さんにしてほしいと思っているのだ。だから、何をされてもいいのに。

しかし春花の答えに、雪人がおかしげに喉を鳴らした。

また子ども扱いされた。

そう思い唇をかむ春花に、雪人が少し落ち着きを取り戻した口調で言う。

「軽々しくそんなことを言わないでくれ。まだ社会に出たばかりのヒヨコのくせに。君を抱くのは、何も知らない子どもに無理強いするのと変わらない」

「そんなことない、無理強いされたとか、絶対に思わない……のに」

言っているうちに悲しくなってきた。

どうすれば子ども扱いをやめてくれるのだろう。雪人のことが本当に好きなのに。

気持ちの伝え方がわからなくて、焦(あせ)ってしまう。

「私、ちゃんと働いてるし、もう二十一だから子どもじゃない……」

情けなくてうつむいた瞬間、春花の腰に回った腕にぎゅっと力がこもった。

「……わかった。じゃあこうしよう。明日までゆっくり考えて、本気で続きをしてもいいと思うなら、明日の夜、俺の部屋においで」

春花を抱きしめたまま、雪人がそう言った。

「わかった。明日また、この部屋に来る」

はっきりそう答えると、雪人が小さく喉を鳴らした。

「嫌なら無理しなくていい。……俺ももう、こんな真似はしない」

その言葉と同時に、腕の力が緩んだ。雪人は春花を残してベッドから立ち上がり、そのままパソコン机に向かう。

「……じゃあ、また明日」

そう言うと、雪人はノートパソコンを開き、仕事を始めてしまった。

これ以上相手にしてもらえないことを悟りつつ、春花は床に落ちた下着を拾って立ち上がる。

「私、明日の夜絶対に来るから」

だが、背を向けた彼の反応はない。

「ほんとに来るからね」

何も答えてくれない雪人の背中にそう言い切って、春花は彼の部屋を飛び出す。

……扉が閉まった直後に雪人がついた大きなため息が、春花の耳に届くことはなかった。

第二章

亡くなった春花の父は、いつも口癖のように言っていた。

『春花、人生は思い出の積み重ねだよ。いいことも悪いことも全部思い出になる。その思い出が、春花の生きた軌跡になるんだ』

どんなことが起きても、それが人生の彩りになる日が来る。だから、一日一日を精一杯味わって生き続けることが大事。やりたいことがあれば、どんどん挑戦するといい。失敗も悔しさも、いつかは愛おしい人生の色になる……と。

父にそう言われて育てられたお陰か、春花は割と前向きに、何でも挑戦してみるタイプの女の子になった。

元から体力もあるし、メンタル面でもけっこうタフな自覚はある。

猪突猛進……と言われたら否定できないが、前向きさだけを頼りに、これまで突き進んできたとも言える。

同時に、思い込んだら突っ走りすぎて、何度後悔したことか……

――いくら何でも、今回の件は……恥ずかしすぎる……

昨夜の醜態（しゅうたい）を思い出し、春花は額（ひたい）を押さえた。

失敗の積み重ねが、本当に『愛おしい人生の彩（いろど）り』になる日が来るのだろうか。

父が嘘をつくわけはないと思うが、春花が昨夜やらかしたことは『ただの汚点』として残ってしまう気がしないでもない。

――何事も経験だからって、やっていいことと悪いことがある……よね……

羞恥（しゅうち）で頭をかきむしりたくなりながら、春花は目の前のキーボードに文字を打ち込んだ。

昨夜の自分はどうかしていた。

あんなふうに雪人の部屋に入り込んで、抱いてほしいと遠回しに縋（すが）って、それから……

――は、恥ずかしい！

なぜあんななりふり構わない行動に走ってしまったのだろう。

もっと穏やかに説得すればよかったのだ。好きだから一緒に暮らしてほしい、と。何をあんなに焦（あせ）っていたのだろうか。

いや、あのときは『もうだめだ、あとがない』と真剣に思っていたのだ。

身体を弄（もてあそ）ばれたことを思い出す。

――あ、あんなコト、されるなんて。どうしよう。雪人さんの顔を見られない。

何をされ、どこを見られたのか。思い出すだけで変な汗が出てくる。君が誘ったくせに、と言われたが、その通りだ。

自分から誘っておいて、いざとなったら子どものように怯え、動転しているのだ。

春花はキーを叩く手を止め、頭を抱えた。

仕事が終わったら、どんな顔をして家に帰ればいいのだろう。

今朝春花は、雪人の朝ご飯を作り置きして、彼の顔を見ずに朝五時に家を飛び出してきた。家に帰って、雪人とどんなふうに会話をすればいいのかわからない。

悶々としていたとき、春花の肩が、ポンと叩かれた。

驚きのあまり椅子の上でちょっと飛び上がってしまう。

「さっきから声かけてるんだけど大丈夫？」

先輩の青山だった。爽やかな顔を曇らせた彼が、心配そうに首をかしげる。春花は慌てて愛想笑いを浮かべた。

「な、何でもありません！　大丈夫です！」

「顔が赤いけど」

そう指摘され、春花は慌ててノートでパタパタと自分の顔を煽いだ。

――し、仕事に集中、仕事に集中……っ！

必死で頭の熱を冷ましている春花に、青山が、腕組みをして言う。

「この前納品したシステムあるでしょう。あれに変なログがでてるんだけど見てくれない？」

変なログ、という言葉に、春花の煮え立った頭がすっと冷める。ログというのは、プログラムの動作を履歴として残したファイルのことだ。そこに変なデータが記載されているということは、プログラムのどこかに問題があるのかもしれないことを意味する。

「おとといリリースした会計システムですよね？　はい、確認します」

「うん。詳細はメールで送る。俺の方も調べてみるから、渡辺さんも対応をお願い。今やってる作業は来週でいいから、午前中にわかったことだけメールで頂戴（ちょうだい）」

「わかりました、すぐ調べます！」

そう答えて、春花はプログラムの開発用ソフトを立ち上げ、納品したばかりのファイルを開く。

そして、本番環境にアクセスし、青山が『おかしい』と言っていたログファイルをダウンロードした。

しばらくファイルを眺め、青山からのメールや、システムから算出されたデータを見比べているうち、春花もおかしなことに気づく。

――あれ？　これ……基礎パラメータがズレてないかな？　先月の値（あたい）で計算してるのかも。

これはまずい。春花は瞬きもせずに画面を見つめ、ひたすらにファイルの内容を調べた。

――この前作った検証用のスクリプトがあるから、あれに該当データを流し込んで……

とりあえず一度青山にメールを送り、その先は気づけば、昼食もとらずにひたすらプログラムのバグ解消に励んでいた。

昔から、一つのことに夢中になると、他のことが頭から飛んでしまうのだ。

首と肩が痛いと思って壁の時計を見上げると、もう十七時になっている。

――久しぶりに時間を忘れてた……。お昼食べたっけな？

机を見渡すと、ビニール袋の中に朝買った菓子パンの空き袋が突っ込んであるのが目に入った。そういえばクリームパンとカレーパンをかじった気がする。

――食べたな、よし。

春花はペットボトルの水を飲み干し、再び画面に表示されている内容に集中した。

やはりシステムにトラブルが発生している。

今日中に修正しないと、明日以降のデータ全てがおかしくなってしまう。しかもそれは顧客の給与計算に関わる部分なので、大変な問題になる。

今日のうちに修正を終えなければ……

メールを確認すると、営業担当とお客さんの間で激しいやり取りが交わされていて、かなりのクレームになっていた。

——急がなきゃ。先月分の基礎設定パラメータの修正も必要だって、青山さんにメールしないと……。

システムの修正が終わったのは、さらに何時間も経ったあとだった。なんとかデータが正常に作成されることまで確認できたし、おかしなデータも修正できた。

春花はすさまじい空腹を覚えて、痛む肩をもみながら顔を上げた。

時計を見ると、もう二十三時を過ぎている。

きょろきょろとチームの様子を確認した春花は、何かを食べている青山の様子に気づいて、ふらふらと歩み寄った。

「青山さん、そのお菓子……一個だけください！」

手を合わせて懇願すると、青山が驚いたように手を止め、大袋の中の小分けされたドーナツを春花の手にのせてくれた。

「あれ？　渡辺さん、夕飯食べてないの？」

「はい。気づいたら、もうこんな時間でした……」

お腹が空きすぎて、比喩ではなくひっくり返りそうだ。

春花は涙目で、もらったドーナツにかぶりついた。

「ありがとうございます。美味しい！」

青山が呆れるくらいの勢いでドーナツを食べ終えた春花は、カーディガンのポケットから小銭入れを取り出す。その中から百円玉を取り、青山に差し出した。

「ごちそうさまです」

「いや、お金なんていいって。皆にあげようかと思ってまとめ買いしたやつだから。渡辺さん、すごくお腹空いてそうだからもう一個あげる。はい」

誘惑に負けて思わず手を出した春花に、青山が微笑みかける。

社内の若手女子の間で『憧れの先輩』と騒がれているだけあって、アイドルみたいな爽やかな笑顔だ。

「あ、ありがとうございます。お腹空きすぎて、家に帰る気力もなくて」

言いながら春花は、二個目のドーナツもあっという間に食べ尽くしてしまった。

そんな春花の様子を見つめたまま、青山が笑顔で言う。

「俺の方こそありがとね、渡辺さんが対応してくれたデータ修正、全部バッチリだった」

どうやら彼は、春花が行った作業の確認を、同時進行でやってくれていたようだ。自分の修正作業もあったはずなのに、仕事の速さに感服する。

——さすが、リーダー。

春花はホッとして、ようやく笑顔を取り戻す。

「なんか、渡辺さん頼りになるよね。専門出たばっかりの子がうちのチームに来るって決まったときは心配だったけど、すごい優秀なんだもん。七ヶ月でこんなに戦力になってくれるなんて。俺だけじゃなくて、皆びっくりしてる」

突然の褒め言葉に、春花は赤くなってしまった。

「そ、そんなことないです。昔からちょっと要領がいいだけで」

子どもの頃から父のパソコンでゲームを作ったりして、遊んでばかりいたし……と、心の中でつけ加える。

要するに春花は、ちょっぴりコンピュータオタクな女の子だったのだ。

コンピュータの専門学校でも好きなことを好きなだけ勉強したし、単にこういう作業に向いているだけなのだろう。

「いや、優秀だよ。俺、びっくりした。渡辺さんは地頭がいいって言うか……あ、もう十一時過ぎてるけど大丈夫？　俺はタクシーで帰るからもう少し作業していくけど、渡辺さんはいいから。電車があるうちにもう帰りな」

会話が弾みかけたとき、青山が我に返ったように時計を見上げて言った。

春花の家は都心にあるので、電車はまだ余裕がある。だが、こんな時間まで働いて帰ったら、また雪人が心配して怒るに違いない。

――そうだ、そろそろ帰らなきゃ！

そこまで考えた瞬間、春花の心臓がびっくりするような音を立てた。

——あ、今日、帰ったら雪人さんの部屋に行くんだった。そうだ、うん、行くんだ。ど、どんな顔して行こうかな。

どくん、どくん、と、心臓が大きな音を立てて打つ。顔が熱く火照り始めた。

——何で今日に限ってこんな時間まで……でも、しょうがないか。トラブル対応だもんね。急いで帰ろうっと。

青山から帰宅の許可を得た春花は、ちょっとだけ残っていた事務的な作業をパパッと片付け、大きなリュックを背負って立ち上がった。

「じゃあすみません、青山さん、お先に失礼します！」

「お疲れ様」

いつもクールで優しい青山が、笑顔で片手を上げてくれた。そういえばもう社内には、青山と春花の他に数人しか残っていない。

チームメンバー思いの青山は、春花に限らず、誰の作業が遅れたときでもこうやってフォローしてくれるのだ。

彼が皆から慕われたりモテたりするのは、日頃の責任感ある振る舞いのためだろう。

「青山さんも早く帰ってくださいね！」

そう言い置いて、春花は全力で非常階段を駆け下り、会社の裏口を飛び出した。

——今日は走って帰ろうっと。

実は、雪人の家は春花の会社からも近く、走れば二十分ほどでたどり着くことができる。この時間は地下鉄の本数も少ないし、金曜日なので酔っ払いも多くて嫌な思いをしそうだ。走って帰っても大して到着時刻に差はないだろう。

——口紅買いたいんだよね。私、いつもすっぴんだから……

春花は、会社と家の中間あたりにあるコンビニめがけて、全力疾走した。

このあたりは眠らない都心にふさわしく、実家の近くでは見かけなかったような品揃えのコンビニも何軒かある。

そのうちの一軒では、しゃれたコスメも扱っている。

——今日、あそこでコスメ買って帰ろう！

勢い勇んで、春花は目当てのコンビニに飛び込み、コスメコーナーに駆け寄った。

けれど、赤みを帯びた照明のせいで、口紅の色がよくわからない。

派手ではない薄めの色を選びたいのだが、どれも同じような色に見えてしまう。

買うのはやめようかなとも思ったが、春花は意を決して口紅のサンプルに顔を近づけた。

見栄っ張りなのはわかっている。

だが、今夜くらいは雪人に『春花も大人になったんだな、おしゃれで可愛い』と思われたい。

――どれを買おうかな……？

しかし、男手一つで育てられ、小学生の頃からパソコンの動画編集やら、ゲームのプログラミングやらにのめり込んでいた春花には、化粧品のことがいまいちわからないのだ。

女友達のアドバイスで『ピンクベージュ系がいい』ということを聞いたことはあるのだが。

――えっと、どれがいいかな？　グロスはベタベタするから嫌だし……。これでいいか。ナチュラルレッドって書いてあるから、きっと自然な色だよね。

遠い昔に母の鏡台で見た口紅と同じようなものを選び、購入する。そして再び店を飛び出して走り出した。

自宅のあるマンションに駆け込み、そっと家の中に入ったが、今日の雪人は玄関前で腕組みして待っていない。どうやら怒ってはいないようだ。

玄関先で早速叱られる、という悲劇を回避できたことにホッとした瞬間、緊張で身体が強ばり始めた。

――雪人さんに会うのは気まずい……だけど、つ、続きをしてほしい……

春花はギクシャクとした足取りで自室に急ぎ、下着とパジャマを取り出して、バスルームに駆け込んだ。もちろん、買いたての口紅を持って行くのも忘れない。

シャワーを頭から被って全身をいつものようにゴシゴシと洗い、結婚当初に雪人に買ってもらったバスローブを羽織る。

――お化粧してみよう……

濡れた顔をタオルで拭い、洗面所の湿気を逃がすために扉を全開にした。それから春花は、いそいそと口紅を塗ってみる。

だが、一応ひと通り塗ってみて、何か違う……と感じてしまう。

――あれ？　赤すぎる……ような。お店の照明の下で見たのと違う？

ナチュラルレッド、と書いてあったが、思っていたよりも真っ赤な気がする。

――だめだ。これじゃ赤すぎて似合わない。

慌てて水で洗ったが、落ちない。焦ってさらに石鹸をつけて擦ったら、ほのかに赤みが残る程度まで落とせた。こんなとき、メイク落としは常備しておかなければと痛感する。

――どうしよう、でも他に色つきのリップさえ持ってない。一個だけ持ってたやつ、この前折れて捨てちゃったし……

口紅を手に右往左往していた春花は、背後の気配に気づいて振り返った。

「何をしているんだ」

そこには呆れ果てた顔の雪人が腕組みをして立っていた。洗面所の入り口に寄りかかり、じっと春花のことを見ている。

バスローブを羽織っただけのボサボサ頭で、春花は呆然と立ち尽くした。

「今日もずいぶんと遅かったな」

とがめるような口調で言われ、春花は慌てて言い訳を口にする。

「あ、あの、ちょっと……仕事で」

そう言いながら、春花はバスローブの袖で顔を隠した。

可愛くして雪人の部屋に行く予定だったのに、こんな姿を見られてしまうなんて最悪だ。

「うぅ……」

変な格好を見ないでほしい、という抗議を込めて雪人をにらみつけると、彼は皮肉な笑みを口元に浮かべた。

「俺は君を待ってたんだが」

その言葉に驚いて、春花は顔を隠していた手を離す。

「えっ？　ご、ごめんなさい」

雪人の言わんとすることを理解した瞬間、春花の身体がカッとなった。

胸の奥で、心臓が苦しいほどに躍(おど)り出す。

「あ、あの……あの……」

おずおずと雪人を見上げると、彼は身をかがめて春花の顔をのぞき込んだ。

「君は、俺の部屋に来るつもりだったのか？」

冗談めかした口調で尋ねられ、春花は真っ赤な顔でうつむいた。

「え、えっと……うん……今から行こうかと思って……」

そう答えると、雪人がちょっと笑って言った。

「そうか。ならいい。俺もあの世で君のお父さんにぶん殴られる覚悟ができた」

――え？　お父さんに殴られる……って？

何のことだろう、と首をかしげた春花の腰を、雪人の腕がぐいと引き寄せる。

「俺の部屋に来るか？」

抱きしめられたまま改めてそう尋ねられ、春花は脚をぷるぷる震わせながら、小さく頷いた。

もちろん、行きたい。

奥さんにしてほしい。

抱いてほしい。

恥ずかしくて言えない言葉を、どうやら雪人はくみ取ってくれたようだ。カチカチに強ばっている春花の身体を軽々と抱き上げ、大股で廊下を歩き出す。

裸にバスローブを羽織っただけの格好なので、春花は慌ててめくれてしまう裾を押さえた。

——わ、私、どんな顔……すれば……！

雪人にしがみついたまま、春花はひたすらに激しい鼓動をなだめる。

彼の寝室に連れて行かれ、ベッドの上にポンと座らされた。春花はバスローブの胸元をかき寄せた状態で、雪人を見上げる。

「ゆ、雪人さん、昨日、私が無理矢理押しかけたときは嫌そうだったのに……なんで？」

かろうじてそう尋ねると、雪人が形のいい目を細めて、低い声で言った。

「とぼけた顔をするな。君は男の理性を試しすぎだ」

きっぱり言われ、春花は目を丸くする。

試すも何も、懇願（こんがん）しても最後までしてくれなかったくせに、一体何だというのか。

「私、何も試してないけど……」

春花の言葉に、ベッドサイドに立ったままの雪人が呆れたように肩をすくめる。

「だから子どもだって言ってるんだろう……全く、お子様め」

雪人の言葉に、春花は自分が裸同然の格好であることも忘れて眉根を寄せた。

——どうして子どもって強調するの？　もう二十一歳なんですけど……？

春花の怒った顔がおかしかったのか、雪人が噴き出す。

その笑顔は今まで見たことがないくらい鮮やかで、幸せそうだった。おどろく春花に彼は、びっくりするくらい柔らかな口調で告げる。

「俺も今日一日悩んだ。だがグズグズ悩むのは時間の無駄だと気づいた。一度きりの人生だし、人生を彩り豊かにするためなら、腹をくくる。彩色に失敗するかもしれないが、まあ、それも味わいだろう」

人生を彩る、という言葉に驚き、春花は思わず顔を上げた。

それは、父の口癖と同じだ。もしかして父が教えたのだろうか。

だが、それを問おうとしたとき、雪人がスプリングをきしませてベッドに乗り込んできた。彼は微笑んで、座ったままの春花に顔を近づける。

「本当に、ずっと一生、春花の保護者でいるつもりだった。でも、やっぱり無理だ。……俺にとって、君は可愛すぎる」

長い指が春花のふっくらした頬を撫でる。

緊張で動けない春花の耳に、雪人が優しい声で囁いた。

「俺は狭量なんだ。それを認める。君を誰かにやるくらいなら、全部俺が奪いたい」

「な……なに……それ……奪いたいって……」

驚きすぎて、春花は間抜けな口調で呟いた。

「なんでそんなに驚くんだ？」

真顔で尋ねられ、春花は思わず目をそらした。

「だ、だって、雪人さん、急に変なことを言うから。奪いたいとか」

「急に……？　まあ、春花にとっては急な話かもしれないな。俺は、すっとぼける真似だけは上手いから。春花は何をしていても一生懸命で可愛い。あんなに可愛い姿を毎日見せられたら、俺みたいな唐変木だって惚れるよ。本気で自覚がないのか？」

あまりの言葉に、春花は腰を抜かしそうになる。

「もしかして、私が好きだ好きだってうるさいから、話を合わせてくれてる？」

そう口にした瞬間、もしかしてそうなのかもしれないな、と思った。

情けない顔をした春花の顎を軽く摘んで、雪人が柔らかな笑みを浮かべる。

また心臓がとまりそうなくらい魅力的な笑顔を見せられてしまった。そう思った瞬間、春花の鼓動が息苦しいくらいに速まった。

――は、反則……っ！　そんな顔っ！

「俺はそこまで親切じゃない。どうでもいい女の機嫌なんか取らない」

言い終えると同時に、雪人の唇がかすかに口紅の残った春花の唇を塞ぐ。

春花の心臓が、どくん、とひときわ激しい音を立てた。

優しいキスは石鹸の匂いがした。昨夜のように闇雲な、貪るようなキスではない。蕩けるような唇の感触に、春花は緊張も忘れて身を委ねた。

――ああ、石鹸だけじゃなくて、他のいい匂いもする。

肩を抱き寄せられ、春花は目をつぶった。

ドキドキしているのは、春花だけではないようだ。すぐそこにある雪人の身体からも、大きな心臓の音が伝わってくる。

「やっぱり可愛いな。本当に、何でこんなに可愛いのか……。春花は俺をたぶらかす物質でも分泌しているのかな」

唇を離して、雪人が呟く。

父以外の男性に『可愛い』なんて言われたことがなかったので、落ち着かなくてどぎまぎしてしまう。空気の甘さにいたたまれなくなり、春花は目を開け、早口で言い返した。

「な、なんで、急にそんなこと言うの……可愛いとか……からかわないで」

「からかってはいない。言わなかっただけだ。いい歳した男が、二十一歳の女の子に言っていい類（たぐい）の言葉じゃないからな。だけどさっき言っただろう、……俺は春花のお父さんに殴られるよ」

そう言って、再び雪人がキスをしてきた。

舌先で春花の唇を舐め、撫でるようにつついてくる。

嬉しすぎて、ドキドキしすぎて、頭の中が真っ白になってきた。

――くすぐったいけど、気持ちいい……

再び素直に目をつぶった春花の身体が、軽々とベッドに押し倒された。

「君は意外と焦らし上手だな。日付が変わる頃に帰ってきたと思ったら、延々部屋で待っていた俺を放り出して洗面所で遊んでいるし」

春花の顔をのぞき込んで、雪人がおかしそうに呟く。

「そういうのを、無自覚の魔性って言うんだ。……俺をからかって楽しかったか？」

突拍子もない指摘に、春花は目を見開き言い返す。

「からかってなんかいないよ！　私、お化粧したかっただけで。だって……」

少しでも可愛くしたかったから、と言いかけた言葉が止まった。

雪人の手が、バスローブの胸元に滑り込んだからだ。

「……嫌か」

静かに尋ねられ、春花は目を丸くしたままぶるぶると首を振った。

雪人が微笑み、春花の胸の頂に指を滑らせながらもう一度口づけを落とす。

――ど、どうしよう、指が、胸……っ！

戸惑いつつも、春花は雪人の背中に腕を回してみた。

逞しくて温かく、広い胸だ。

――う、うれしい、かも……でも……怖い気もする……

抑えようのない鼓動がどんどん大きくなる。雪人がこんなに近くにいるなんて、夢みたいだ。

胸に直に触れられるくすぐったさに身じろぎした瞬間、春花は部屋の電気がついたままであることに気づき、身体を強ばらせた。

——見られちゃう！

春花は慌てて唇を離し、雪人に訴えた。

「電気消そう？　あ、あの、見えちゃう……から」

その言葉に雪人が一瞬驚いた顔をし、口の端をきゅっと釣り上げる。

まるで、からかうような表情だ。戸惑った春花を尻目に、雪人が上半身を起こした。

「見るんだよ」

「え……？」

何を言われたのかわからず、春花は聞き返した。その瞬間雪人の腕が伸び、春花のバスローブの前を勢いよく開いた。

「きゃあっ！」

突如裸身を晒されて、春花は悲鳴を上げる。

——何するの……！

慌てて胸を隠そうとしたが、両手を押さえられて何もできない。膝を閉じ合わせようとしても、雪人の膝先で巧みに妨げられてしまう。

「み、見ないで……」

情けない声が出てしまった。真っ暗にしてほしいのだが、なぜ通じないのだろう。恥ずかしくて頭が爆発しそうだ。

「綺麗だな」

しみじみと呟かれ、春花はますます混乱する。

「な、何が……？」

雪人はその問いに答えず、春花の胸の谷間をつっとなぞった。

——あ……あれ……？

ただ触られただけなのに、身体の芯がぞくりと疼く。指先で触れられたから、だけではなく、視線でも『触られて』いるように感じてしまったのだ。

絡みつくまなざしに、どうしようもなく羞恥心を煽られる。春花は雪人から顔を背け、蚊の鳴くような声でもう一度訴えた。

「お……おねがい……電気を……」

「つけたままにしよう」

しかし、やはり春花の訴えは流されてしまう。雪人が薄い笑みを口元に湛えたまま、指先をゆっくりと下ろしてゆく。

「あ……あ……っ」

くすぐったさと、身体の奥からにじみ出す熱に、春花の息が乱れた。

「な、何して……」

言いかけた春花の腰が、突然の刺激にぴくんと動く。

雪人の指先が裂け目の端にある小さなつぼみに触れたのだ。本当につつくように触れられただけなのに、自分の身体がひくひくと反応していることがわかる。

「慣らしてる。多分きつくて痛むだろうから」

雪人が淡々とした口調で言い、ふう、とため息をついた。それがほんの少し苦しげに聞こえたのは、春花の気のせいだろうか。

「あ、あ、でも、でも……っ」

指がそこに触れるたびに、腰が揺れて恥ずかしい声が出た。

「いや、触らな……っ、あぁ……っ！」

濡れ始めた蜜口に、雪人がゆっくりと指を沈める。

「二度目だから慣れただろう？　……痛いか？」

どこか気遣うような雪人の口調に春花は首を振った。

——こ、こんなところ……部屋、明るいのに、全部見られて……

恥ずかしさが限界に達し、春花は袖だけ通した状態のバスローブ姿で、腕を上げて顔を隠す。

「悪いな、君に大泣きされたらと思うと、俺もちょっと……心配で」

雪人が低い声で呟き、ゆっくりとぬかるみに指を沈める。内襞で彼の指を感じ取るたび、春花の口の端から子猫のような声が漏れてしまう。

昨日の触れられ方とは全然違う。

昨日は春花を煽り、試すようだった指先が、今は春花自身を味わうように淫らに蠢いている。そのせいか春花も、昨夜よりも気持ちよく感じていた。

「な、泣かないから……指は……あん……っ」

自分の喉から甘ったるい声が出ることに動揺し、春花は慌てて手で口を塞いだ。

触れられている部分から蜜がしたたり落ちているのがわかる。

——ど、どうし……よ……う……

こんな姿を見て変に思われたら、と不安になった瞬間、雪人が春花の花弁から手を離し、おもむろに着ていたシャツとアンダーを脱ぎ捨てた。

初めて見る雪人の裸身を目にした春花は、慌てて顔を隠した。無駄な肉一つない美しい身体だったのはわかったけれど、恥ずかしくて長い間見ていられない。

「春花」

羞恥で身体を固くする春花に、雪人が言った。

「一度抱いたら、もう君を離してやれない。これから先、誰か別の、歳が近い男を好きになったと言われても、俺は君を離さないだろう。それでもいいのか」

その言葉はまるで、雪人自身に言い聞かせているようにも聞こえた。

「私、他の人なんか……好きにならないよ」

春花の声がか細く震える。

何度言えばわかってもらえるのだろう。とてもとても好きで、どうしても離れたくないと思っていることを。

「私がもっと年上だったらよかったの……？　それなら信用してくれた？」

春花は顔を覆っていた手を外し、涙のたまった目で雪人を見上げた。

すると雪人が、春花の指先を握りしめて軽く微笑む。

「いや、違う、ごめん。君のことをお子様だと思っていれば、俺自身が楽だったんだ。でも、もうそれはやめよう。……ひねくれ者の俺も、今からは少し素直になる」

ため息のような声で言い、雪人が身体を倒してくる。

ベッドの上に組み敷かれ、春花の乳房と雪人の引き締まった胸板が重なった。

滑（なめ）らかで温かな肌の感触に、春花の心臓が苦しいくらいに高鳴る。

首筋にキスされ、春花はかすかに身をよじった。そのキスが鎖骨に下りてきて、ゆっくりと胸の頂（いただき）に近づく。

膨（ふく）らみを一度強く吸われたあと、雪人の唇が乳嘴（にゅうし）を慈（いつく）しむようにそっとついばんだ。

軽い刺激に、身体中がびくんと反応する。先ほどまで弄ばれていた蜜口の奥から、ぬるい雫がにじんでくる。

「……だから、何度も言うが、そんな可愛い声を出すな。普通の男は、そんな声を聞いたらおかしくなる」

雪人の呼吸もかすかに乱れていた。彼は音を立てて息を呑み、感触を味わうように何度も小さなつぼみを舌で転がす。

「だ、だって……あん……っ……」

だが、声を出すなと言われても無理な相談だった。バスローブに袖を通しただけの姿で、雪人に抱きしめられたまま春花は懸命に身をよじる。

「あ、あ……！」

つぼみを唇で強く挟まれて、春花は大きな声を上げてしまった。

無意識に雪人の髪を掴んでいた指に力がこもる。

「綺麗だな、春花は……。安心しろ、君は子どもじゃない。こんな身体をした子どもなんていない」

大きな手が、繰り返し春花の肌を撫でる。

お腹も、胸も、腰も……普段人に触れさせない素肌が、雪人の手のひらで別のものに変わっていくようだ。

触れられているだけなのに、呼吸が乱れる。

雪人の唇が、胸を離れて鎖骨に触れ、次に首筋に落ちてくる。

「ふぁ……っ、くすぐっ……あぁ……っ」

キスされるたびに、身体が震える。そんな春花の様子がおかしいのか、雪人が笑って、再び乳房にキスをした。

「あぁ……っ、それ、だめぇ……っ」

雪人の唇は、むき出しの肌に吸いついて離れない。彼は、愛おしむように、胸の膨らみのあらゆるところに口づけながら、身もだえする身体を優しく撫でさすった。

「はぁ……ん……っ、雪人……さん……っ」

くすぐったいのか苦しいのか……得体の知れない熱に身体が炙られるようだ。春花は息を弾ませ、快楽から逃れようと懸命に身をよじった。

ちゅ、と音を立てて、乳房の下側を吸われる。同時にちくりと痛みが走り、思わず声を上げてしまった。

「あぁあ……っ！」

何をされても、爆発的に反応してしまう。恥ずかしすぎてこんなことはやめたい。けれど、頭の中に熱い蜜を注がれたようで、何も考えられなくなる。

「だめだ……身体中キスマークだらけにしたくなってきた」

雪人が呟き、身を乗り出して春花の唇にキスをする。

彼の呼吸も少し乱れていることがわかった。普段冷静な彼の興奮が伝わってきて、春花の身体がますます熱く火照り出す。

何も考えられないまま、春花は必死で雪人の背中にしがみつく。逞しい身体の感触に、しばしうっとりした。

しばらく後に、唇が離れる。雪人が身体を起こし、ベルトのバックルを外して春花の脚に手を掛けた。手に力を入れ、春花の脚を開かせる。

「今から、昨日君にせがまれたことを全部する」

そう言って、雪人がズボンのポケットから何かを取り出して開封し、中身を手に握りしめる。

震える春花に再び覆い被さった雪人は、反対の手で、はいていたズボンを押し下げた。

春花とぴったり胸を重ね合わせたまま、彼は言う。

「挿れるから、もう少し力を抜いて。俺の背中に抱きついて」

「ち……ちから……うん……」

春花はかすれた声で雪人の言葉を復唱し、カタカタ震える腕を広い背中に回す。

雪人が、片方の手で身体を支えたまま、もう片方の手で大きく開いた脚の中心に触れた。濡れそぼっていたそこがピクッと反応したが、彼はお構いなしに指を進め『入り口』を探り当てる。

場所を確かめてすぐ、雪人の指が離れた。彼の手が春花の脚の間あたりで動き、同時に軽く樹脂の擦れるような音が聞こえる。

「今、ちゃんと着けたから……もう少し脚を開いてくれるか？」

着けたって何だろう、と思いながら、春花は唇をかみしめて言われた通りに脚を開く。

「あ……っ……」

ぞりっとした感触が、下腹部に走る。

春花の肌に、彼の下生えが擦れたのだ。

そのことを自覚した瞬間、緊張で震えが止まらなくなった。

雪人も春花と同じように生まれたままの姿で、身体を晒しているのだ。日常ではありえないことが起きている。

改めてそう実感した瞬間、濡れて火照った秘裂に、硬くて大きな何かが押し当てられた。

――怖い……

かすかに腰を引きかけたけれど、雪人の大きな手がウエストのくびれを掴んで離してくれなかった。

「俺に掴まって」

逃れようとして無意識に枕を掴んでいた春花は、雪人の言葉に我に返り、もう一度背中に手を回す。

同時に膝の裏に手が掛かり、春花の脚がぐいと持ち上げられた。

――どうしよう……これ……恥ずかしすぎて……っ！

秘部をさらけ出された恥ずかしさで、吐息が熱を帯びる。

同時に、ちょっとこれは無理ではないか……と思えるような大きさの熱塊が、春花の中に押し入ってきた。

「んっ」

痛そうな声を出したくないと思いつつ、春花は思わず声を漏らしてしまう。

「大丈夫か」

そう尋ねてくる雪人の呼吸も乱れていた。

――やめないでほしい……！

春花は慌てて頷く。

「大丈夫」

頼りない声でそう答えると、雪人が少し安堵したように身体を進めてきた。

たっぷりと濡らされたせいで、春花の隘路（あいろ）は、ずぶずぶと雪人自身を呑み込んでいく。

身体を割られるようだ。

だが、耐えがたいほどの痛みではない。

雪人自身の質量に強引に押し開かれながら、春花の身体は懸命に雪人を受け入れようとしていた。

震える腕で雪人に抱きついたまま、ぎゅっと目をつぶる。

――どこまで入るのかな……怖い……。でも、皆してるから大丈夫……だよね？　もしちょっと血とかが出ても、雪人さんのいいように、最後までしてほしい。

「……ごめん、痛いか。かなりきついから」

雪人が汗ばんだ額を春花の額に押しつける。

その仕草に、春花の中に甘い気持ちがこみ上げた。

大人で格好よくて手の届かなかった雪人が、なんだか可愛らしく思えたからだ。

「大丈夫だよ」

緊張と不安で雪人以上に汗をかきながらも、春花は手を伸ばして、雪人の頬をそっと撫でてみた。

「大丈夫だから、このまま来て」

かすかに髭の感触の残る頬を撫でながら、春花はそう囁きかけた。

春花の膝の裏を掴んだまま、雪人がさらに身体を押し込んでくる。

荒い息づかいとは裏腹にその動きは慎重で、恐る恐る動いているのが伝わってきた。

「う……」

奥の方の、狭くなっている場所が、昂る熱杭に押し上げられた。

雪人が膝の裏を掴んでいた手を離し、春花の腰を抱き寄せる。

「もう少しだ」

「っ……うん……」

春花は頷いて、懸命に息を整える。

お腹の中が破れそうで怖かったが、同時に雪人を包み込んだ粘膜が疼いて、異様な熱を帯び始めているのに気づいた。

つながりあった場所からとろりとした蜜があふれ出す。もっと奥まで来てほしい、というように、彼自身をくわえ込んだ蜜窟が緩やかに蠢く。

「あっ……あ、……っ」

痛い、という言葉を呑み込んだ瞬間、襞のあわいが、ずるりと熱杭を呑み込んだ。

涙のたまった目で、春花は雪人を見上げる。

「ねえ、もう入った……？」

そう尋ねると、雪人が春花の頭を肩口に抱え寄せて、穏やかな声で答えた。

「ああ、これで大丈夫だ」

切なげな吐息を漏らし、雪人がさらに力を込めて春花を抱き寄せる。

「動くけど、痛かったら言いなさい」

また何かが始まるようだ。春花は意を決して頷いた。

同時に、春花の身体を貫いていた楔が、未熟な媚壁を擦りながら緩やかに動いた。

「ん……っ！」

その刺激に、隘路全体がどくんと脈動する。生まれて初めて感じる快感だった。

「ふぁ……っ……やだぁ……っ」

声を出すまいとしているのに、どうしても甘えるような細い声が漏れてしまう。

ゆっくりと先端近くまで引き抜かれたそれが、再び春花の身体を穿つ。

「や、っ……あぁ……んっ」

無理矢理に広げられた場所に、硬い異物が行き来する感触が、違和感から得体の知れない掻痒感へと変わっていく。

蜜を纏ってゆっくりと春花の最奥を押し上げた熱杭は、再び引き抜かれ、狭い路を慣らすように行き来を繰り返した。

そのたびに春花の中はきゅうっと蠢き、意図せず快楽の雫をしたたらせてしまう。

「少し慣れたか」

雪人の問いに春花は頷いた。

サイズオーバーの金属の棒で嬲られているような違和感は残るが、こうやって裸の胸に抱きしめられていると、不思議ととても満たされる。

雪人の唇が、いつの間にか頬にこぼれ落ちていた春花の涙のあとに触れる。

「本当に君は、どこもかしこも全部可愛くて……参った。動くぞ」

汗の匂いと肌の感触、そして、秘部に楔（くさび）を穿（うが）たれている違和感が一斉に伝わってきて、春花の意識を非日常の場所へと誘（いざな）う。

「やぁっ……やだ……硬い……何で……」

ぐちゅぐちゅという音が大きく響き、抽送が激しさを増し始めた。

突き上げられるたびに身体が揺すられ、むき出しの胸が、雪人の厚い胸で繰り返し擦（こす）られる。鋭敏になった乳嘴（にゅうし）が痛いくらいに硬く立ち上がって、ますます春花を翻弄（ほんろう）した。

「あああ……っ！」

ひときわ大きなぐちゅり、という音と共に、蜜路の果てから熱いしたたりがわき上がる。

「ゆ、ゆきひと、さ……あぁ……っ！」

熱い楔（くさび）で貫（つらぬ）かれるたびに、雪人に抱かれているのだ、という実感がわいた。

「ねえ、好き、好き……っ」

自分でも何を言っているのかわからないまま、春花は繰り返しそれだけを訴える。

今までずっと言いたくて抑え込んできた言葉が、あふれて止まらない。

「私、ほんとに……大好き……なの」

ほとんど泣き声で口にした瞬間、汗に濡れた唇が、春花の唇を塞いだ。

陶然とした気持ちで、春花はそのキスを受け止める。

唇越しに伝わってくる雪人の呼吸は、獣のように荒かった。

その吐息から、普段の彼が決して見せない種類の興奮が伝わってきて、春花の恋心をどうしようもなく煽り立てる。

――好き……

興奮と生理的な反応で、涙が止まらなくなってきた。無我夢中で雪人の引き締まった腰に脚を絡め、春花は息を弾ませながらもう一度繰り返す。

「あ……だい……すき……」

「春花……」

切なげな声で、雪人が春花の名を呼んだ。

今までにないくらいの力でかき抱かれて、春花は思わず目をつぶる。

「ごめん、苦しかったな……もう終わる。今、いくから」

情欲にかすれた声で雪人が囁きかけた。

だが、春花には頷く余裕もない。

身体に力が入らなくなって、下腹部が勝手にひくひくと波打ってしまうのだ。

気持ちがいいのかもしれないが、それよりも、どこかに押し流されそうで怖い。

このまま何もわからなくなり、雪人の腕の中で溶けてしまうのではないだろうか。汗に濡れた肌を重ね合いながら、春花は頭の片隅でそんなことを考えた。

だんだん目の前が白くなってくる。

身体中がめちゃくちゃに翻弄されて、上手く息ができない。

春花は無我夢中で雪人に抱きつき、彼の首筋に顔を埋めた。

「あ……あぁ……っ！」

言葉にならない嬌声を上げながら、濡れそぼった蜜路の収縮に耐える。

同時に、雪人がかすかなうめき声を漏らした。

根元まで呑み込んでいた雪人の雄茎が、今までにない硬さを帯びて春花の奥園を突き上げる。

いつになく激しく呼吸を乱しながら、雪人が乱暴に春花の唇を奪う。

大好きな人の汗に濡れ、つながりあった部分をわななかせながら、春花はぐったりと口づけに身を委ねた。

火照った目尻を、お湯のように熱い涙が伝い落ちる。

「きゃっ、あっ……ああっ！」

硬く反り返った剛直が春花の中で脈動し、熱を吐き出しつくして、ようやく静止する。

雪人が、春花を固く抱きしめたまま何度も唇にキスをした。

執拗なくらい繰り返されるキスからは、雪人の強い執着が伝わってきて、春花の心を波立たせる。

春花は、雪人にしがみついたまま目をつぶった。

——どうしよう、大好き。これでもう奥さんになれた……？

そう思ったものの、未知の行為でもみくちゃにされ、力が入らなくて声も出ない。

——大好き……すごく、好き……

荒い呼吸を繰り返す雪人に固く抱きしめられたまま、春花は重いまぶたを何度も上げようとした。

——起きて……雪人さんと話を……

だが、もう限界だった。早起きして家を飛び出し、夜中まで働きづめだった春花は、そのまま強い睡魔に身を委ねてしまった。

第三章

——うーん……お腹が空いたな。

春花は朝の明るい光にパチッと目を開けた。

空腹と共に目覚めるのはいつものことなのだが、今朝はひときわお腹が空いている。

何度か瞬きをした春花は、自分がいつもと違う部屋にいることに気づいた。

寝ぼけた頭でしばらく悩んだが、ほどなくして雪人の部屋にいるのだと思い至る。

——そ、そうだった……

羽毛布団をはねのけた春花は、バスローブ姿でむくりと起き上がった。

雪人がいない。どこに行ったのだろうか。時計を見ると、もう朝の九時だ。

——今日って土曜だっけ。シャワー浴びよう。

妙にガクガクする脚で、春花はよろよろと自分用のお風呂に向かった。自室で着替えを用意し、バスローブを脱ぎ捨てて熱いシャワーを浴びる。

湯気と同時に、ふわりといい匂いが漂った。

雪人の匂いだ。

途端に、春花の胸がドキドキと高鳴り始める。

かすかに痛む下腹部をそっと押さえ、春花は胸の鼓動をやり過ごした。

——ど、どんな顔をして挨拶しようかな。

そう思いながら、春花は昨夜の自分にちょっとだめ出しをした。

あんなコトをした直後に、抱っこされたまま寝落ちしてしまうなんて。

もしかして雪人は、改めて『お子様だ』と呆れたのではないだろうか。

髪と身体を洗い終え、手早く身体を拭いた。髪を乾かし、デニムにセーター姿で洗面所を飛び出す。

——雪人さんはどこにいるのかな……？

リビングに顔を出すと、雪人はいつもの休日と変わらない感じで、ソファに腰掛けて新聞を読んでいた。

なんだか、昨日の『大変な出来事』など、まるでなかったように見える。

「お、おはよう……」

恐る恐る近づくと、雪人が無表情で顔を上げた。

「おはよう」

そう言って、雪人が立ち上がった。

どうしたのだろう。雪人と入れかわるようにソファに腰掛け、春花は雪人の背中を目で追った。

台所に入っていった彼が、しばらくして紙袋を手に戻ってくる。

近所のカフェのテイクアウト用の袋だ。

「飯を買ってきた」

雪人は春花が疲れて起きられなかった休日の朝や、忙しくて手が空かないときなどは、こうやって食べ物を買ってきてくれるのだ。

無表情でも、そういうところはちゃんと優しい。

「あ、ありがとう。私、今日寝坊しちゃってごめんね」

謝罪の言葉を口にし、春花はその袋を受け取った。

土曜日は、いつもより少し遅い時間に朝食を用意しているのだが、今朝は思い切り寝坊してしまった。

普段目覚ましなしでも起きられる体質なので、油断したのかもしれない。

「疲れてるんだから、寝坊くらい気にしなくていい」

そう言って雪人が再び新聞を読み始める。

――いつも通りだな……。私一人が気にしすぎてるのかな？

そう思いつつ紙袋をのぞき込んだ春花は、漂ってくるいい匂いにピクリと反応した。

「あ、フライドポテトだ！」

春花の歓声に、無表情だった雪人がクスッと喉を鳴らす。

入っていたのは、トリュフソルトをまぶしたフライドポテトに、アボカドとサーモンのピタサンド。それから温かいコーヒーもある。

どれも春花の大好物で、休日、雪人とカフェに行くといつも注文していたものだ。

「君が好きみたいだから頼んだんだが、朝から重いかな？」

笑いまじりに尋ねられ、春花は顔を輝かせて答えた。

「食べられる！　わぁ……うれしい、ありがとう。いただきます！」

そういえば、昨日はろくに何も食べていないのだった。

フライドポテトを口に放り込み、春花は顔をくしゃくしゃにして笑った。

「美味しい……！」

ほんのりバターの味もして、最高の美味しさだ。

もぐもぐとフライドポテトを食べ続ける春花の様子に、雪人が苦笑する。

「揚げ物なんか、朝からよく食べられるな」

その言葉に、春花は思わずいつものように軽い口調で返した。

「どうして？　食べられると思って買ってきてくれたんでしょう？」

「まあな。君ならいけるだろうと思って」

その笑顔に、妙に緊張していた春花の気持ちがほぐれた。

——私も、いつもと同じで大丈夫なんだ。

「雪人さんもどうぞ」

八割方食べ尽くしたフライドポテトの袋を差し出すと、雪人が一本摘んで口に放り込む。

「ねえ、雪人さんは朝ご飯食べた？　何か作ろっか」

「君が作り置きしてくれてた惣菜を食べたから、いい」

やっぱり、いつも通りの淡々とした回答だった。

普通にしていても大丈夫なのだ。

雪人は変わっていないから、昨夜の春花に対して悪い印象は抱いていないのだろう。

そう実感できて、心の底からホッとする。

「春花」

思いのほか真剣なトーンで呼ばれ、春花はピタサンドにかぶりつこうとしていた手を止めた。

「食べ終わったら出かけよう」

雪人から外出に誘われるなど珍しい。今までは、食事に行く以外ほとんど別行動で、本当に歳の離れた兄妹か親子みたいな生活だったのに。

そう思いつつ、春花は頷いた。

「服は、この前俺が買ったやつに着替えなさい」

不思議に思って、春花は自分の格好を見下ろす。普段着ではだめなのだろうか。

雪人が言う『この前買った服』というのは、父の一周忌のときに着た、シックなグレーのワンピースに違いない。

デパートの人が、家に色々な服やアクセサリーを持ってきて、服装一式を見立ててくれたことを思い出す。

——あのワンピ？　どうして今日、あんなフォーマルな格好を？

戸惑いつつも頷き、春花は手にしたピタサンドにかぶりつく。

夢中で空腹を満たす春花を、雪人は機嫌のよさそうな顔で見守っていた。

食事を終え、雪人に指定された服に着替えた春花が車で連れて行かれたのは、意外な場所だった。

——あれ、うちのお墓？

雪人は何も言わず、管理事務所でお線香と花を購入し、春花に手渡すと手桶に水を汲んでスタスタと墓所への坂道を上っていく。

——私、半月前にお参りに来たんだけどな。

そう思いつつ、春花はジャケット姿の雪人の背中を慌てて追いかける。

普段スニーカーを愛用している春花には、繊細なヒールで上る墓所への坂道はなかなか辛いものがあった。

しかも昨夜はあんな体勢で大きく脚を開いていたせいで、脚のつけ根がちょっと痛くて……そこまで考え、かあっと頬が赤らんだ。

——ば、ばか！　お墓で何を考えてるの、私。

頭に浮かんだ悩ましい記憶を慌てて振り払い、春花はよろよろと雪人のあとを追った。

「ああ、靴が違うから歩きにくいか……ごめん」

春花の様子に気づいたのか、雪人が振り返って、手桶を持っていない方の手を差し伸べてくれた。

自分に向けて伸ばされた腕に、春花の胸がとくんと鳴る。

——て、手をつないでくれるの……かな？

赤い顔のまま上目遣いで雪人を見上げると、彼は小さく笑って、ぐいと手を引いてくれた。

「おいで」

端整な顔に甘さをにじませて、雪人が笑う。

「う……う、ん」

焼けるように熱い顔を意識しながら、春花はギクシャクと返事をした。

「なんだ、そんな顔して」

手をつないだまま、雪人が顔をのぞき込んできた。

こうやってきちんとした格好をし、明るい日差しの下に立つ雪人を見ると、俳優も裸足で逃げ出す美男子だと実感する。

ボーッとみとれている春花の視線に気づいたのか、雪人が不思議そうな表情をした。

「俺の顔に何かついてるか？」

そう問われて、春花は慌てて首を振った。

雪人はやや釈然としないふうではあったが、そのまま春花の手を引いて坂道を上り始める。

綺麗に手入れされた墓地の真ん中あたりに、古い墓石が見えた。十八年前に春花の母が、そして一年と少し前に父が入ったお墓だ。

渡辺家の墓、という文字の横に『春美(はるみ)』『敬一(けいいち)』と両親の名前が刻まれている。

雪人が手桶の水をひしゃくで掛け、お墓を清めてくれた。春花もひしゃくを受け取り、同じようにお墓の汚れを水で流す。

「君のお父さんとお母さんに報告したい。春花と結婚しましたって」

墓石を清めながら、雪人が真剣な表情で言う。一緒に作業をしていた春花は思わず手を止め、彼の横顔を見つめた。

——そのために、わざわざ来てくれたんだ……

胸が一杯になり、春花は雪人に微笑みかけた。

「ありがとう、雪人さん」

「まあ、お父さんは激怒するだろうな。娘に手を出すなんて、って」

雪人は呟き、形のいい口元に淡い笑みを浮かべる。

お線香とお花を墓前に供(そな)え終えると、雪人は無言で手を合わせた。

春花も慌てて、二人の墓前に手を合わせる。

——私、雪人さんのお嫁さんになりました。これから一生旦那さまを大事にします！

目をつぶったまま、春花は父にそう語りかける。

そのとき、『どうせ春花が、無理矢理押しかけたんだろう？』という、父の苦笑まじりの声が聞こえた気がした。

多分父が生きていたとしても、同じ反応を返してきたに違いない。

思えば父はいつも『春花はお転婆すぎるなぁ』とぼやいていた。

そして『男手一つで育てたせいかな。せっかく可愛いのに……』というのが、父の口癖だったことを思い出す。

ちょっぴりとほほ、という気分になりつつ、春花はさらに父に語りかけた。

——お父さんは『遊馬君に押しかけ女房するなんて……』って呆れていそうだけど、私、すごく幸せだから見守っててください。それとお母さん、私の旦那さまって、とっても素敵なの！　天国から見えたら見て！　お父さんより格好いいかもしれないよ。

いつものように、心の中の両親と話をしながら、春花は口元をほころばせる。

亡き両親は、春花を見守り励ましてくれている気がした。

祈り終えてちらりと雪人を見上げると、彼はまだ真剣な表情で手を合わせている。

——どうしたのかな？

しばらく見つめていると、ようやく雪人は目を開けた。

「春花」

こちらに目を向けた雪人に低い声で呼ばれ、思わず姿勢を正す。

「君はまだ二十一歳だ。他にいくらでも選択肢があったのに、本当に申し訳なく思っている。君に後悔させないよう、俺は君を精一杯大事にする」

真剣な声でそんなことを言われ、春花は何のことかわからずぽかんとしてしまう。

大事にする、と言ってもらえたのは飛び上がるほど嬉しいのだが、『他の選択肢』とは何のことだろう。

「どういう意味？」

「夜遊びも外泊も禁止して……普通の女の子らしい恋愛の機会を与えないまま、俺のものにしてしまって悪かったと思って」

『恋愛の機会を与えない』という雪人のセリフが相変わらず過保護すぎて、嬉しいやら悲しいやらだ。しかし、一つ誤解がある。

雪人に向かって、春花は首を振った。

「私、ずっと恋してたけど」

春花の答えに、雪人が形のいい眉がつり上がる。

「いつ？　誰とだ？」

真顔で問いただされ、春花は恐る恐る雪人を指さす。

父のもとへ来るたびに素敵な人だとは思っていたが、手を差し伸べてくれた日からは、彼に恋してきたのだ。

雪人は、春花が告白したことを忘れてしまったのだろうか。

しばらく無言で見つめ合ったあと、雪人が一瞬、泣き笑いのような表情を浮かべた。

「……そうか、俺にか。ありがとう」

「本当だよ。もしかして疑ってるの？」

「疑ってはいないが、これだけ歳の差もあって、立場も考え方も違うんだ。俺の気持ちを押しつけて、君の自由を奪いたくはなかった。何も君に強要したくないなと思って」

どうせまた難しいことを考えてるんだろうな、と思いつつ、春花は力の込もった目を雪人に向けた。

「私が雪人さんを好きになった理由は、あの家に住み続けたいからとか、保護されたいからとかじゃないよ。そんなふうに思われたくないから、毎日仕事だって頑張ってるのに」

雪人が少しだけ表情を緩める。

「……そうか」

頷いてくれた雪人に、春花は勢い込んで念を押した。

「それにお父さんだって天国で『娘がぐいぐい迫ってすみません』って言ってると思う、

絶対」

「そうかな……」

雪人が目を細める。

「渡辺先生なら、そう仰ってくださるかもな」

雪人はそう言って、手桶を持っていない方の手で、春花の手をぎゅっと握った。

「そろそろ帰ろう。ちょっと買い物に寄ってもいいか？」

雪人がまた手をつないでくれた。

その事実に、春花の胸は明るくときめいてしまう。

——なんか、すごい……本当に恋人同士みたい。外でこんなふうに手をつなぐなんて。

嬉しくてたまらず笑顔になった春花に、雪人が優しい声で言った。

「行こう」

そう告げた彼の笑顔は、いつになく柔らかに見えた。

一時間ほど走っただろうか。雪人の車は、都心の立体駐車場に停まった。

見ると、雪人の車と同じような、黒塗りの外車がずらりと順番待ちをしている。

だが春花の目は、別のことに釘づけだった。

——い、一時間二千円……？　なにこれ、間違い？　高すぎる……車を停めるだけなのに。やめようよ、こんなところに車停めるの！

春花は内心焦(あせ)ったが、雪人は平然としている。しかも、どうやら来慣れた場所らしく、キーを誘導係の人に預けると、春花の手を引いてスタスタと歩き出した。

「待って、どこに行くの？　何を買うの？」

「まだ秘密」

雪人がそう言って向かったのは、大通り沿いにある立派な建物だった。

入り口にはドアマンが控えていて、その奥にはシャンデリアがきらめいている。

ずいぶんと重厚で物々しい雰囲気だ。

――宝石屋さん……かな？

ドアマンに恭(うやうや)しく扉を開けてもらい、春花は慌ててお辞儀をした。その仕草に、雪人とドアマンが同時に微笑む。どうやら、お辞儀はしなくてもよかったらしい。

――何を買うんだろう……？

一歩建物の中に踏み込んで、春花はこくんと息を呑む。

飴色(あめいろ)にきらめくシャンデリアに、ショーケースの中に並ぶ虹の欠片(かけら)のようなダイヤモンド。店員は皆しわ一つないブラックスーツを着こなし、手袋を着けてアクセサリーを取り扱っている。

足下の絨毯(じゅうたん)はふかふかで、土足で上がっていいのか一瞬悩んでしまったほどだ。

――こんなお店、初めて。

父子家庭だったためかウィンドウショッピングをする習慣もなく、デパートに行くことすら稀だった。それなのにいきなりこんな別世界につれて来られて、足がすくんでしまう。

きょろきょろする春花を尻目に、雪人が、さっと現れたスーツの男性に何かを囁きかけた。スーツの男性は深々と頷き、あとを追ってやってきた男性に何かを報告する。

「遊馬様、お待たせいたしました。お二階へ」

支配人の名札をつけた男性が、品のある声で雪人にそう声を掛ける。

――二階があるの？

雪人が春花の腰を抱き、勝手知ったる足取りで店の奥へと歩いて行く。

一方の春花は、初めて男性に……しかも雪人にこんなふうにエスコートされ、ドキドキして何が何だかわからなくなってきた。

――う、うわ、どうしよう。緊張する……！

ソファの置かれた美しい応接室に案内される。二人並んで腰を下ろしたところで、綺麗な女性がお茶を運んできてくれた。

「遊馬様、本日はお車ということで……」

「ええ、紅茶で」

雪人が慣れた様子でそう答えるのを、春花は内心では混乱しながらも、とにかく黙って見守る。

今から何が行われるのだろう。

繊細な陶器に、鮮やかな水色の紅茶。部屋中に素晴らしい香りが広がっている。添えられたお菓子も、外国のお菓子屋さんに並んでいそうな、カラフルで可愛らしい小さなケーキだった。

――飲んでいいのかな？

そう思ってちらっと雪人を見上げると、彼は特に身構えた様子もなく、紅茶を口にしていた。春花も真似して紅茶に口をつける。

――美味しい……！　それにこのカップもすごい。薄いのにかっちりしてて、お茶の香りがすごく広がるようになっていて――。カップが違うとこんなに違うんだ。今度、いただきもののティーセットを使ってみようかな。

『高級品』の素晴らしさにクラクラしている春花の視界の端に、トレイにのせた何かが運ばれてくるのが見えた。

「すみません、朝、急に連絡してしまって」

雪人がそう言うと、支配人は完璧な笑顔で「お気になさらないでください」と答え、スタッフにトレイをテーブルに置くよう指示した。

　――ダイヤ……？

　トレイの上にずらりと並べられた指輪を見て、春花の身がすくむ。

「今日は時計ではなく、リングをお探しとのことで」

「ええ、籍を入れたとき妻に何も贈れなかったので、一回目の結婚記念日の今日にと思って」

　雪人がそう言って、春花を振り返った。

「どれがいい？」

　雪人の言葉に、春花の目が点になる。

　――えっ？　私が選ぶの？

　呆然とする春花に、雪人がちょっと笑った。

「君はよく動き回るから、石が引っかからないデザインがいいかな」

　雪人のその言葉を聞くやいなや、支配人がいくつかの指輪をピックアップして、ビロード張りの小さなトレイに移した。驚くほどの判断の速さだ。

「遊馬様、エタニティリングなどはいかがでしょうか。それからこちらのようなデザインも。爪を表に出さないセッティングになっておりまして、引っかかりは気にならないかと。奥様はお若くて大変にお可愛らしい印象ですので、シンプルなスクエアカットの石がお似合いになるかと存じます」

差し出された指輪は、確かにシンプルなデザインであった。

だが、ダイヤが小豆くらいの大きさだ。あまりの大きさに、宝石に詳しくない春花ですら恐ろしさを感じる。

「妻は普段指輪をしないから、できるだけベーシックなものがいいな。今後ジュエリーを増やしたときに、それと合わせられそうなデザインのものはありますか」

支配人は、雪人の言葉に頷いて、四角いダイヤを横一列にタイルのようにつないだリングを差し出してくれた。

一つ一つの石が大きすぎて、まるで玩具のように見えるリングだ。

「奥様のサイズは九号くらいでしょうか？」

震える手で、差し出された指輪を受け取る。

――え、えっと……どこに嵌めるんだっけ？

迷っていると、雪人がひょいと手を取って、春花の左手の薬指にそのきらめく指輪を嵌めてくれた。

「いいんじゃないか」

満足そうに言う雪人に、支配人も笑顔で頷いた。

「サイズもこのくらいでよろしゅうございますね」

「気に入ったか？」

目を点にしたまま、春花は人形のようにカクカク頷いた。

――すごいキラキラしてる！　本物だ……。怖いから、早く外したい……かも……

「それと、石が一つのシンプルなものも見せてもらえますか」

支配人は頷いて、大きなトレイから別の指輪を選び取り、ビロードの小さなトレイに移した。

「ラウンドブリリアントのご用意もあるのですが、プリンセスカットのいい石が最近届きまして……奥様にお似合いかと。サイズの方もちょうど用意がございます」

大きな正方形のダイヤが一つ填められた指輪を差し出され、春花は震えの止まらない指で、先ほどの指輪に重ねて嵌めてみる。

確かに夢のように綺麗だが、あまりの高貴な輝きに圧倒され、血の気が引いてくる。

「ああ、それも結構可愛いな。一つ石の方がエンゲージ、エタニティが結婚一周年記念でどうだろう？」

雪人の言葉に、春花は内心、全力で突っ込んだ。

――こんなの、嵌めてるだけで怖い！　二つあったら二倍怖いよ！

若干青ざめる春花に、雪人が重ねて尋ねた。

「この二つでいいか？」

「え、えっと……これ、どこに着けていけばいい？」

春花にとっては本気の質問なのだが、雪人も周りの人も冗談だと思ったようだ。皆が明るい笑みを浮かべる中、雪人が目を細めて軽い口調で言った。

「普段から着ければいいだろう。じゃあ、この二つでお願いします。それからマリッジリングも、完成次第ご連絡いただけますか」

「かしこまりました、遊馬様」

雪人の言葉を契機に、周りの人が動き出す。

「それ、着けたまま帰ろうか。このままで構いませんか?」

「はい。保管用のケースは別にお包みいたしますので」

その言葉に頷いた雪人は、差し出された何かの書類にサインし、変わった色のクレジットカードを差し出した。会計の処理は数分で終わり、雪人が立ち上がる。高額の商品を購入したとは思えない、あっさりとした手続きだった。

「帰ろう」

春花は何一つ口を挟めず、きらめく指輪たちを嵌(は)めたまま頷いた。

再び雪人に、まるで貴婦人に対するかのようなエスコートをされ、春花たちは階段を下りる。

——別の世界を経験してしまった……緊張した……

そう思いながら、春花は傍(かたわ)らの雪人を見上げる。

「あ、あの、こんなにすごい指輪、ごめんなさい……ありがとう」

「何がごめんなさいなんだ？」

「だってダイヤモンドだったから、びっくりして……」

本当にこんなものを贈られていいのかと、不安になってしまうのだ。だがそんな春花に、雪人は穏やかな声で言った。

「毎日朝飯を作ってもらっているし、共有部分の掃除も、休日の食事の支度も春花に任せきりだった。それは、一応、お礼の気持ちだ」

お礼にしては豪華すぎる。

「そんなの、家に住まわせてもらっていたんだから……私がやって当たり前なのに」

やはり申し訳ない気持ちが拭いきれない。

「じゃあ、正直に言う。可愛い嫁さんを好きに飾り立てるのは俺の夢だ。浮かれた気持ちになるのも、たまには許してくれ」

春花の肩を抱き寄せ、雪人が耳元にそう囁きかける。

——か、可愛い嫁……？

春花の頬に、一気に血が集まった。

雪人の口からそんな言葉が聞けるなんて。絶句した春花だったが、ふと、雪人の強ばった表情に気づいた。

今まで淡い笑みを湛えていた雪人の顔が引き締まり、じっと一点を見つめている。緊張感のある表情に、春花の中にあった浮かれた気持ちがすっと消えた。

——どうしたのかな。

視線を追うと、そこには気品あるツイードのジャケットを身につけた女性がいた。たくさんの人の中で、一人だけ浮き上がって見えるほどの美人だ。髪型もメイクも、春花の目からは完璧に見える。

ヒールの細いパンプスを颯爽と履きこなしている様子は、女優か、ファッションモデルのようだ。

その女性が、雪人の視線に気づいたように顔を上げた。その瞬間、彼女の穏やかだった表情が凍りつく。

黒い大きな瞳が、雪人から、傍らの春花に移る。

女性の険しい表情に、春花は後ずさりしそうになった。

——誰？

春花に向けられた鋭い視線が、すぐに雪人に移る。

そのまま視線をそらさず、彼女は雪人を冷たい表情でにらみつけた。

突然敵意を向けられて、どう反応していいかわからない。固まる春花の肩が、不意に軽く引かれた。

「行こう、春花」

そう言って、雪人が大股で歩き始める。

まるで、この場から早く離れたい、とでも言うような仕草だ。

「で、でもあの人、私たちのことを見て……」

言いかけた言葉が、口の中で消える。雪人の表情は厳しく、それ以上の問いかけを許してくれなかったからだ。

春花は恐る恐る振り返り、先ほどの女性の様子をうかがう。

冷たい目で春花と雪人を見ていた彼女だったが、目をそらすと再び別人のように華やかな笑みを浮かべ、販売員と何か話し始める。

店の外に出てしばらく歩いたところで、雪人がふう、と一息ついた。

「ねえ、あの人は誰？」

春花の問いに、雪人が一瞬何かを考え、そして腹を決めたように口を開く。

「俺の元婚約者だ」

びくん、と肩が揺れてしまった。

一度も会ったことのなかった雪人の元婚約者に、偶然こんな日に、こんな場所で会うなんて。

「じゃ、じゃあ、ご挨拶（あいさつ）とか……」

慌ててありきたりな言葉を口にした春花に、雪人は首を振って見せた。

「彼女はもう他人だから、その必要はない。帰ろう」

そう言った雪人の口調は、とても冷めたものだった。

彼女と雪人は、あまりいい関係ではないようだ。二人の間に、温かさや懐かしさといった空気は全くなかった。もしかしたら、婚約解消について彼女は怒っているのかもしれない。

だが春花は、あの美しい女性に一つの違和感を覚えていた。

——私のことより、雪人さんのことをにらんでた……

「私、あの人のことがちょっと気になる」

正直に言うと、雪人が歩調を緩(ゆる)めて春花を振り返った。

「気にしなくて大丈夫。彼女は昔から、ちょっと気難しいんだ。久しぶりに俺を見かけて、何か嫌なことでも思い出したんだろう。……美砂(みさ)のことは忘れよう」

断固とした口調だった。

雪人の無表情ぶりを見る限り、二人は相当気が合わないのだろう。おそらくは、婚約者同士だった当初から。

それにしても『みさ』という彼女は、驚くほど美しかった。たとえ、態度に違和感があったとしても、あれほどの美女にはそうそうお目にかかれないと思う。

なんだか敗北感を感じてしまう。

——そういえば私と籍を入れた理由の一つが、『婚約者と入籍したくないから』だったよね。あんなに綺麗な人なのに、雪人さんはあの人と上手く行かなかったんだ。

春花は雪人の端整な横顔を盗み見た。

——あの人と雪人さんは、並んだらさぞお似合いだっただろうな……

春花は慌てて、その思いつきを振り払う。

——でも、私の旦那さまだもの！　私の旦那さま！

自分にそう言い聞かせ、春花は左手の薬指をちらりと見た。

小さな手には不似合いな絢爛たるダイヤが、初冬の光を跳ね返してキラキラと輝いている。

歩きながら、春花は雪人の家庭環境について思い出した。

確か、雪人の父は入り婿で、彼の母とは三十年以上前に離婚している。今は新しい家庭を持っているはずだ。

そして雪人の母はすでに亡く、彼は叔父の後見を受けて大学を卒業したと聞いている。

——考えてみれば私、雪人さんのことをあまり知らないな。……これから色々教えてもらえるかな。

そう思いつつ、春花は雪人の横顔を再び見上げる。ずっと恋い焦がれてきた端整な横顔は、いつも春花の心をときめかせる。

——私、雪人さんが好き。

つないだ手にきゅっと力を入れると、雪人が春花を見た。

「どうした？」

「ううん、なんでもない。何か甘いものが食べたいな」

雪人が笑い、優しく頷いた。

「わかった。どこかホテルのラウンジにでも入って、少し休もう」

それを聞いて、春花の心が浮き立つ。

雪人は落ち着いたお店を好むので、普段友達とは入らないような素敵なカフェに連れて行ってもらえるかもしれないと思ったからだ。

「やった！　嬉しい」

春花のはしゃいだ声に、我慢できないというように雪人が笑い出す。

「全く君は……相変わらず色気より食い気だな。その指輪も喜んでくれ。結構、張り込んだんだぞ？」

そう言いながらも、雪人の視線はとても柔らかい。春花は彼とつないだ手を引っ張り、おどけた口調で言った。

「ごめんなさい、ありがとう。私には素敵すぎて、着けるのが怖いくらいだけど……。ねえ、早くケーキ食べに行こう？」

さっきの少し気まずい空気を消し去りたい。

そんな春花の気持ちが伝わったのか、雪人が今までに見たことのない明るい笑顔で頷いた。

「じゃあ、俺がいつも軽い商談で使っている店に行こうか。ケーキが旨いかどうかは知らないが、コーヒーなら確実にいいものを出してくれる」

滅多に見られない雪人の極上の笑顔に、春花の心がきゅんと震える。

――え、な、なに……？　雪人さん、可愛い……！

雪人に向かって『可愛い』なんて言ったら怒られそうだが、それでも、雪人のその笑顔は可愛く思えてしまった。

「どうした？」

不思議そうに首をかしげる雪人に、春花は慌てて言い訳をした。

「なんでもない。そのコーヒーが美味しいお店に連れて行って」

なんだか顔が熱い。きっと真っ赤になっているに違いない。

いきなり赤くなったりして、雪人におかしく思われないだろうか。

春花は照れくささをごまかすように、雪人の手をぶんぶんと大きく振った。雪人は、仕方がないな、というような表情を浮かべ、春花の手を引いて少し足取りを速める。

「こっちだ。行こう」

二人でデートをして帰ったその日の夜。

春花は、本棚の上に作った小さなスペースに、ケースに収納した指輪をそっと置いた。

――お父さん、お母さん。雪人さんから指輪をもらったの。普段使うには怖いから、ここにお供えしておきます。

そこには、父と母の写真も飾られている。

気が向いたときに両親に手を合わせたり、心の中で話しかけたりするために作った仏壇代わりのスペースなのだが、そこに雪人から贈られた指輪も置くことにした。

卒業証書や、プログラミングのコンクールでもらったメダルも置いてある。

要するに、大事なものはここで両親に預かってもらっているのだ。

――私、雪人さんの奥さんになったんだなぁ……

手を合わせたあと、春花はもう一度リングケースを手に取り開けた。

とても綺麗な指輪だ。

さっきからそわそわして落ち着かない。雲の上を歩いているような気分だった。

――どうしよう。今まで女の子扱いなんかされたことないから、落ち着かない！

今日、雪人と手をつないで歩いたことを思い出すうちに、何だか顔が熱くなってきた。

冷たいのに優しい雪人の横顔や、人通りの多い道でさりげなく庇(かば)ってくれた姿が脳裏(のうり)に浮かび、胸がドキドキしてくる。

そういえば結婚指輪も、さきほどの店で発注済みらしい。

来週あたりに、二人の名前が刻印されて届くと雪人が教えてくれた。

――会社に結婚指輪を嵌(は)めて行ったら、皆驚くよね。どうしよう……

でも、そんな当惑すら、すぐに甘いときめきに変わる。

――堂々と奥さんって名乗れるんだ。嬉しい。

キラキラ輝く指輪に向かって手を合わせ、春花は今日一日のことを思い出す。

どの記憶を頭から取り出してみても、何もかもが甘く幸せな色に輝いていた。

一緒にお墓参りに行けたこと。指輪をプレゼントされたこと。それから……

そこまで考えて、春花はため息をついた。

――雪人さんの元婚約者さん……には、もう会うことはないよね？

彼女が垣間見せた敵意を思い出すと、やはり心が沈んでしまう。

大きなダイヤモンドを見つめながら、春花は考え込んだ。

――あの人、私じゃなくて……雪人さんに怒ってたように見えた。うん、そう、雪人さんをにらんでたから、なんか変だと思ったの。普通なら私をにらむよね？　だって、私、雪人さんを奪ったと思われても仕方ない立場だし。

仕事のときのように、疑問点を心の中で明文化してみる。そして改めて気づいた。

彼女は間違いなく、春花ではなく雪人をにらみつけていた。

それが春花の違和感の原因なのだ。

――……わかんない。でもきっと、大丈夫だよね。『気にしなくて平気だ』って雪人さんも言ってたし。あ、そうだ、ごはん作らなきゃ。

不安なことをグズグズ思い悩んでいても仕方がない。そんなことより、『旦那さん』に美味(おい)しいごはんを作ってあげる方が大事だ。

そう思い直し、春花は部屋を飛び出した。


その夜、春花は雪人のベッドに潜り込み、スマートフォンでゲームをしていた。

一緒に寝ていいかと勇気を振り絞って聞いたら、笑いながら『いいよ』と言ってもらえた。今日からは、彼の部屋にいても叱られたりしないのだ。

殺風景だった部屋を飾ろうと、使っていなかった写真立てに、成人式の写真を入れて飾った。桃色の振り袖を着た春花と、スーツ姿の雪人が写っている。

写真を飾るときに知ったのだが、あの成人式の着物は、遊馬家と昔から取引のある、加賀友禅(かがゆうぜん)作家の作品だという。

写真を見た雪人が『似合うな、また加賀友禅の着物を作ろうか』と言ったことで、初めて知った。

ネットでこっそり加賀友禅のことを調べ、春花はその格式に腰を抜かしそうになった。

自分の知らないところで、とんでもなく手を掛けてもらっていたのだと知って、申し訳なくもあり、嬉しくもある。

ため息をつき、春花はゲームをやめて、お気に入りの成人式の写真を表示した。

何もわかっていない写真の中の春花は、貴重な着物を纏って、無邪気にニコニコしている。

――昔から驚くほど大事にしてくれてたんだな……見えないところでも……

スマートフォンの画面をつついたところで、部屋に入ってきた雪人の気配に顔を上げた。

風呂上がりの雪人が、石鹸の香りをかすかに漂わせながら、春花が寝転んでいるベッドに腰を下ろす。

「もうすこし大きなベッドを買おうか」

さらりと提案されて、春花の胸がとくんと音を立てた。

今日からずっと一緒に寝てくれる、という意味なのがわかったからだ。

恥ずかしかったが、敢えて平気な顔をして春花は首を振る。

「これでいいよ。クイーンサイズだから」

そう答え、春花は転がったままベッドの端に移動する。

――私が寝言とかうるさくて、そのせいで雪人さんが眠れなかったらどうしよう？

胸がドキドキいって仕方ない。なので、さっきからゲームをして気を紛らわせているのだが……

「君に毎晩蹴飛ばされそうだな」

春花は雪人の冗談に頬を膨らませたものの、すぐに不安になってしまった。

「そうかも。蹴っちゃうかも……ごめんなさい」

困り顔がおかしかったのか、雪人が表情を緩めて春花の頬を撫でた。

「いいよ、別に」

すぐ側に雪人の顔がある。春花の心臓が、さらに高鳴り始めた。

洗い髪をそのままにしているせいでラフな髪型になっているが、そのせいで雪人が普段よりぐんと若く見える。

和風で甘さのない顔立ちをした彼は、大柄な体躯も相まって、とても男らしい。

――っていうか、す、素敵すぎて……今更だけど、私と結婚してもらってよかったのか……みたいな……

そういえば、幸せいっぱい有頂天でスルーしていたが、そもそも雪人はなぜ、春花の『本当の奥さんにしてほしい』というお願いを叶えてくれたのだろう。

春花は頬を染めて、雪人に尋ねた。

「あの、どうして私を本当の奥さんにしてくれたの？　部屋に乗り込んでワガママなこといっぱい言ったから？」

「そうだよ」

あっさり肯定され、とてつもなく恥ずかしくなる。

「あ、や、やっぱりそうなんだ……」

真っ赤になった春花を見て、雪人が軽く肩を震わせた。

「……冗談だ。そんな子犬みたいな顔をするな」

大きな手が寝転んだままの春花の髪を撫でる。

「君みたいな子が俺のところに来てくれて、よかったな」

「どういう意味？」

春花は思わず身を起こして雪人に尋ねた。

「俺の人生には存在しなかったタイプと結婚できてよかった、って意味」

「存在しなかったタイプ……？」

雪人が頷き、春花の柔らかな頬の感触を確かめるように何度も撫で回す。

「そう。明るくて素直で、愛情いっぱいに育った人間……とでも言えばいいかな」

「私、結構、根暗なひねくれ者ですけど」

春花の反論に、雪人が本格的に笑い出す。

「そうか。春花は根暗なひねくれ者なのか。だから君はこんなふうに子犬みたいに俺のベッドに潜り込んで、構ってもらうのを待ってるわけか」

雪人の大きな手が、春花の長いまっすぐな髪をわしゃわしゃと撫で回す。

何もかも見透かされていて、やっぱり恥ずかしい。

「べ、別に待ってなかったけど……」

春花は再び毛布の中に潜り込もうとしたが、その毛布を剥がされてしまった。

「そのゲーム楽しいか？」

微笑む雪人に尋ねられて、春花は赤い顔のまま、こくりと頷く。

「うん。あ、でも、私もうレベルマックスに近いし、レアなキャラもいっぱい持ってるし、最近ちょっと飽きてきたかも」

「仕事も忙しいのによくやるな。渡辺先生も、春花は年頃の女の子なのに、ゲームばかりやってると仰って、いつも苦笑いなさっていた」

「だって、エンジニアだったら結構皆、興味わくと思うよ。次から次に新しい技術が出てきてるしね。キャラの表現もどんどん新しくなって、最近なんかイラストレーターさんの絵がそのまま動いてるみたいなゲームもあるんだよ。ネットワーク通信も速いし。技術の進歩に感動しちゃう」

唇を尖らせた春花に、雪人が笑顔で言った。

「君が好きなことに夢中になっていると安心する。俺の側でも幸せなんだなって思えて」

その言葉に春花は驚いて身体を起こした。

「どういう意味？」

幸せに決まっている。

大好きな人に抱きしめてもらえる人生が、不幸なはずがないのに。

「俺は冷たいし、性格も暗い。こんな俺に影響されて、年中明るくてふわふわしてる春花まで冷え込んでしまったら可哀相だなって思うんだが……そういえば君、よく平気だな。俺はいつもいつも君に冷たかったのに」

「そんなことなかったと思う。雪人さんは、優しいよ。お休みの日に、外にごはん食べに連れて行ってくれたり、早く帰ってくる日にケーキ買ってきてくれたりするし」

春花の反論に、雪人がまた軽く噴き出す。

「俺が感謝されてるのは、食い物に関してだけか？」

おかしくてたまらない、という笑顔の雪人に、春花は慌てて両手を振る。

「ち、ちがうけど！　そうじゃなくて……、雪人さん、私を助けてくれたときからずっと優しいから……大好きで……」

そこまで言って、春花は我に返る。熱心に雪人のよさを主張していたら、彼に顔を近づけすぎていた。

慌てて顔を離そうとした春花の腰が、ぐいと引き寄せられる。

「あ……っ」

驚きと共に、小さく声が漏れた。

「それで、続きは？」

耳元で、雪人の甘い声が響く。

雪人のこんな魅惑的な声を、春花は聞いたことがない。

「な、何の、続き？」

雪人の魅力にドキドキしつつ、春花はせいいっぱいとぼけた口調でそう答えた。雪人と正面を向いて寄り添う格好のため、心臓が苦しいくらいに音を立てる。

「俺をどう好きか、って話の続きだ。是非君のその可愛い口から聞かせてほしいな」

「か、可愛い口って……！」

ぎょっとなって春花は雪人の目をのぞき込んだ。

からかわないでほしい。だが、続けようとした抗議の言葉は、雪人のキスで吸い取られてしまった。

ほんの少し水のにおいが残る唇が、春花の唇を柔らかく貪る。

身体の芯がじんとしびれるようなキス。春花は突き放すこともできず、かすかに震えながらそのキスを受け止める。

春花の腰を抱き寄せる力が強くなった。唇が離れ、春花の身体が雪人の胸にぎゅうっと抱き込まれる。

──ど、どうしよう……っ！

雪人のパジャマの胸にしがみつきながら、春花は懸命に声を振り絞った。

「あ、あの……私は……泣き方もわからなくなって呆然としてたときに、雪人さんが寄り添ってくれて嬉しかったよ……親戚の人に泣かないって言われて、冷たい子どもだって言われて。あのときは本当に、頭がどうにかなりそうだったから。でも雪人さんが、嫌なことを言う人を皆追い払ってくれたでしょう。……私、あの日、お父さんいなくなっちゃって怖かったから、守ってくれて嬉しかっ……」

口に出した拍子に、目からぽとっと何かがこぼれた。

──やばい！

泣いてはだめだ、ととっさに言い聞かせて、直後、思い直す。

いや、泣いてもいいのだ、もう。

春花を一人にすることを誰よりも不安がっていた父は、もういない。

その代わり、大好きな旦那さんが、春花と一緒に人生を歩いてくれるのだから。

「だ、だからね、雪人さんが好き。これからは私が助けて……あげたいなって……」

あふれ出す涙は止まらなかった。

泣くのなんて久しぶりだ。そう思いながら、春花は顔を覆う。

思えば、父が亡くなったときの気持ちを、こうして口に出すのは初めてなのだ。

春花は笑顔が得意だ。

病(やまい)で不安な気持ちを抱えている父に、泣き顔など見せられなかったから。

それに、この家に引き取られてからも、笑顔は欠かせなかった。

ただでさえお世話になっているのに、雪人の前で泣くのはルール違反だと思っていたのだ。

会社で嫌なことがあっても、仕事場で泣けるはずがなかった。

でも、春花が一生懸命作っていた笑顔は、いつしか心まで縛りつけていたらしい。

突然ぼろぼろ涙をこぼし始めた春花の顔を、雪人が驚いてのぞき込んでくる。

驚くのは当たり前だ。

春花自身、こんなに大粒の涙を流すのは、何年ぶりかわからないのだから。

「どうした」

真剣な声で尋ねられ、慌てて首を左右に振る。

「ご、ごめん、思い出し泣き……」

そう答えて慌てて目元を拭(ぬぐ)ったが、涙は止まらない。

まるで心のふたが外れて、押し込めてきた涙が一斉に噴き出したかのようだ。

しゃくりあげ始めたら、ますます涙が止まらなくなった。

おそらく、張りつめていた心がようやく緩んだのだ。

一年の偽の結婚生活を経て、雪人が春花を好きだと言ってくれて、奥さんにして一緒に暮らす、と約束してくれたお陰で、春花にはやっと安らげる場所ができた。

思い切り泣く方法を、思い出すことができたのだ。

「ごめんね、私、急に……ごめ……けほっ」

せき込んで泣きじゃくる春花の身体を、雪人が何も言わずに抱き寄せてくれる。

温かな胸の感触は、父の葬儀の夜と同じだった。

雪人はこれ見よがしに何かしてくれるわけではないし、大げさに慰めてくれるわけでもない。

でも、悲しいときは静かに寄り添ってくれる。

泣くのが下手な春花には、とてもありがたい人だった。

そして今も、ありがたい人であることに変わりはない。

――雪人さん……

いつも無表情でクールで、感情が読みづらいがゆえに誤解されやすいかもしれないけれど、雪人は優しい……。少なくとも、春花には優しくて、誠実だ。

雪人の手が、不器用に春花の頭を撫でてくれる。

涙の理由をしつこく聞いたりせず、とりあえず泣かせてくれる彼のことが、やはり好きだ。春花はそう思いながら、パンパンに腫(は)れた顔を上げて、ごしごしと目元を拭(ぬぐ)った。

「ごめんね」

かすれ声でそう言うと、雪人が額(ひたい)にキスしてくれた。

「意外とわんわん泣くタイプなんだな。先生がこぼしてらした通りだ」

まじめな口調でそう言われて、思わず尋ね返してしまう。

「……お父さん、雪人さんに、私のことを何て話してたの？」

「春花は泣き虫で猪突猛進(ちょとつもうしん)で、しかもおっちょこちょいだと」

「うわぁ……その通りだけどひどい」

良くも悪くも、父らしく正直な意見だ。こんな状況なのに、ちょっと笑ってしまった。

「もっと褒めてくれたらいいのに、お父さんてば」

「でも世界で一番可愛いって言ってた」

続けられた言葉に驚く。父がそんなふうに自分のことを言っていたなんて。はっとして硬直する春花の手に自分の手を重ねて、雪人が言った。

「本当に、いくつになってもどうしようもなく可愛いって。俺は……先生がそこまで仰(おっしゃ)るお嬢さんは、どんな子なんだろうと気になっていた」

いったい父は何を言っているのだろう。恥ずかしくてたまらない。

「お、お父さんは、親ばかなんだよ……私、一人っ子だったから」

耳が焼けるように熱くなる。そんな春花を再び抱きしめ、雪人が低い声で呟いた。

「いや、可愛い」

春花の心臓が、どくん、と大きな音を立てた。

「君は、先生が仰る通りの……いや、それ以上の可愛さだ」

雪人の腕に力がこもる。

「君が、『恋も愛情も、理性の範囲内に留まるものだ』と思っていた俺を変えたんだ。朝から晩まで元気で笑顔で明るくて、そのくせ危なっかしくて……他の男のところに行って、同じように可愛い顔を見せるのかと思ったら、嫉妬で頭のネジが飛んだ」

「ネ、ネジ……？」

「ああ」

短い答えと共に、春花の唇に雪人のキスが落ちてくる。

――顔が涙でぐしゃぐしゃなのに。

汚れた顔をちょっぴり恥ずかしく思いつつ、春花はもっとキスしやすいように顔の角度を変えた。

長い指が、濡れた頬に触れる。

春花は手を伸ばし、雪人の滑らかな頬に触れてみた。綺麗な肌だ。かすかに残る髭の感触に心の奥が怪しくざわつく。

雪人の手が春花の手首をそっと掴んだ。

「ネジが飛んで、俺の唯一自慢にしていた理性がどこかへ消えたんだ。だから認めることにした。一緒に暮らしたこの一年、君が俺の生きがいだったんだって」

——雪人さん……

春花を再び力強く抱きしめ、雪人が低いはっきりした声で言った。

「やっぱりどこにも行かないでほしい。離婚しようなんて言って悪かった」

夢のような言葉だ。

春花の目にまたしても涙がにじんでくる。だが、この涙は今しがた流れたものとは違って、何だか温かくて満たされる涙だ。

——ああ、雪人さんは、私を受け入れてくれたんだ……

潤んだ目を閉じて、春花は雪人の身体にしがみついた。

「私、本当に雪人さんが大好き。結婚してくれてありがとう」

その瞬間、春花を抱き寄せる雪人の腕にさらに力がこもった。

「……そう言ってくれると、気が楽になるな。無理矢理奪ったんじゃないかっていう罪悪感が、少しだけ薄れる」

違う、そんなことない、と言いかけた唇が、雪人の唇で塞がれた。

――キスされちゃった……！

身体を強ばらせる春花から、雪人がそっと唇を離す。

「何を緊張してるんだ」

穏やかな声で問われ、春花はぴくりと身体をふるわせる。

「べ……べつに……」

雪人と同じベッドで、パジャマ姿で横になっているのが恥ずかしいのだ。

お互いの体温を感じながら、身体を寄せ合うシチュエーションが落ち着かない。

おまけに春花は、大泣きしてしまった直後で、気まずさもある。

「抱いていいか？」

率直に言われて、春花の身体が再びぴくっと反応した。

「きょ、今日もするの……？」

蚊の鳴くような声で問うと、雪人が小さく笑った。

「ああ惚れた女が目の前にいると、抱きたくなるんだ」

「ほ……っ、惚れたとか、おおげさ……！」

からかっているのだ。春花はそう決めつけ、真っ赤になって雪人の胸をぐいと押した。

こんなにかっこいい人が春花に惚れたなんて、さすがに話を盛りすぎだ。

一緒に暮らしたら、情がわいて可愛くなった、くらいが適当ではないのだろうか。そう思う春花の髪を、雪人が撫でる。

「なぁ、春花、男から鈍いって言われたことはないか？」

「言われないけど……」

反射的にそう言い返し、いや、鈍い方かもしれないな、と思い直す。

何しろ春花は、何かに集中したらそのことで頭がいっぱいになってしまうから、他のことに興味がわかない。それにそもそも、彼氏がいたことすらない。

——男の子とそんな難しい話、しないし……

経験の少なさを揶揄されたようで切なくなり、春花はじっと雪人をにらみつけた。

「やっぱりお子さまって思ってる？　そういう意味でしょ、今の」

不満げな春花の表情がおかしかったのか、雪人がくっと喉をならし、春花の頭を抱き寄せた。

「いや、思ってない」

雪人のもう片方の手が、パジャマ越しに春花の丸いお尻を撫でる。

触れられた瞬間、脚の間に甘い疼きが走った。春花は戸惑い、彼の腕の中で小さく身をくねらせる。

「いや……っ」

「どうして。触らせてくれ。こんなに可愛いのに……」

「だって、なんかえっちな感じがするから」

「感じ、じゃなくてその通りだ」

お尻のあたりをまさぐる動きが、激しくなった。

ぷにぷにしたお肉をぎゅっと掴み、すぐに緩め、さわさわと布の上から撫で回す。

くすぐったくて、恥ずかしくて、春花は雪人の腕から逃れようともがいてしまった。

「いい手触りだな。本当に、春花は身体中全部が可愛い」

満足げに呟き、雪人が今度はズボンのウエストからするりと手を入れてきた。

肌に直に触れられ、春花の鼓動が速まる。

「……っ、あ、だめ……っ」

「つるつるだな。本当に綺麗な肌だ」

満足げにお尻を撫で回しながら、雪人は、春花の背を抱きよせる腕にさらに力を込めた。

触れられるたびに硬く尖ってゆく乳嘴が、胸板に押し潰される。

その刺激で、春花の喉からかすかな声が漏れた。

「やあ……っ！」

「いい声だ、もっと聞きたい」

抱きしめた春花の頭にほおずりし、雪人がするりと指を滑らせた。お尻から身体の前側、脚のつけ根へと手が移る。

もうすぐ彼の指が、恥ずかしい場所にたどり着いてしまう。

春花はごくりと息を呑んだ。指でさんざん弄ばれ、ぐしゃぐしゃに鳴かされた初夜のことを思い出し、脚の間にじんと熱が集まる。

――ど、どうしよう……

春花はじっと息を潜め、彼の次の行為を待ちかまえる。だが、雪人の指は、脚のつけ根で止まってしまった。

「この辺もずいぶんいい肉づきだ。うちにきた頃はガリガリだったのに」

からかうように、雪人が言う。

同時に彼の手が、春花の柔らかな内股を撫でた。

「……っ、あ、くすぐったいっ……」

肌が火照っていることを悟られないように、春花はわざと抗議めいた口調で言った。

だが、雪人の手は離れない。感触を楽しむかのように、執拗に春花のもちもちした肌を摘み、撫でさする。

「だめぇ……っ」

そんなところを直に触られて、平気でいられるはずがない。

あまりの恥ずかしさに息が乱れ、苦しくなってきた。

「そこ触るの、だめっ」

「……夫の俺でも？」

「あっ、そ、それは、あの……」

パジャマの中に手を入れられて、こんなふうに身体をまさぐられて、落ち着かない。触られるたびに妙に甘ったれた猫のような声を出してしまうのも、恥ずかしい。

でも相手は『旦那さま』なのだ。どこまで何を許していいのか、いまいちわからなくなってきた。

唇を尖らせる春花の表情がおかしかったのか、雪人がパジャマのズボンから手を引き抜いた。

ほっと力を緩めた春花は次の瞬間、全身を強ばらせる。

「い……っ！」

パジャマの布越しに、つんと尖った胸の先端を、雪人に摘まれたからだ。

「硬くなってる。気持ちよかったか？　俺は春花に触れて、気持ちがよかった」

緩急をつけて小さなつぼみをしごきながら、雪人が春花にキスをした。

「ん……うぅ……っ……ふ、ぅ……」

唇を塞がれたまま、敏感になった部分を優しく摘み上げられて、涙がにじむ。春花は懸命に、意地悪な手を胸から払おうと抵抗した。

「嫌なのか」

唇を離した雪人が、耳元で囁く。春花は情けない声で、ぽつりと答えた。

「い、いやじゃない……けど……っ……」

「じゃあ、別のところも」

「……え？」

目を丸くした春花を仰向けにし、雪人が身体を起こす。

春花の脚の間に座った状態で、彼は言った。

「もっと、俺が触るのに慣れてくれるか？　今のままでも可愛いけれど……慣れた君は、きっともっと可愛いと思う」

そう言うなり、雪人が春花のパジャマのズボンを勢いよく引き下げた。

「きゃぁっ！」

春花は思わず身をよじる。だが、腰を引き寄せられ、結局抗うことができなかった。

彼の手が春花の膝の裏側を持ち上げ、脚を大きく開かせる。

――い、いや……雪人さんの前で、脚……っ……

あられもないポーズに、春花は膝を閉じようとした。しかし雪人の身体に阻まれて、閉じられない。

彼の手が膝をつかんで、さらに春花の脚を開く。

濡れ始めた秘部をさらけ出す体勢になってしまい、春花は手で顔を覆った。

「見ないで……っ！」

「真っ白で綺麗だ、それにここは、意外と赤い」

雪人が片手を膝から離し、ぷくりと膨らんだ花芽をつつく。

「……っ、うっ」

ほとばしりそうになった嬌声を、春花はぎりぎりで抑えた。

脚の間がひくひくしているのが自分でもわかる。

「今日はゆっくりほぐそう。昨日は痛くして、悪かった」

「……っ、え？　ほぐ……す？」

春花は思わず、顔を覆う手をずらして雪人を見つめた。

ほぐすとは何のことだろう。

だが、そのとき春花の視界に飛び込んできたのは、雪人が、開いた脚の間に顔を埋めようとしている光景だった。

——な……っ……！

恐慌状態に陥り、慌てて腰を引こうとした。

「やぁ……っ！　だめえっ！」

こんなところを舐められるなんて、恥ずかしすぎる。お風呂に入ったばかりだから綺麗だけれど……そういう問題ではない。

「いやっ、やめて、だめ！」

だが、雪人の手は春花の脚に絡みつき、動けないようにしっかりと彼女をつなぎ止めていた。

「あ……あ……だめ……っ、そんなところ、だめぇ……っ」

うわ言のように言いながら抵抗する春花の身体が、ぴくんと揺れた。

彼の舌先が、火照ってぷくりと膨らんだ花芽に触れたからだ。

こんな部分を雪人の視線に晒しているだけでも耐え難いのに、口で……なんて、無理だ。

「雪人さ……あぁっ！」

蜜口を舌で力強く舐めあげられ、春花の身体から、がくっと力が抜ける。

「ひぃ……っ」

彼の舌が敏感な部分を行き来するたびに、春花の頭が、ぼうっとしびれる。

ぐんにゃりした身体で、春花は懸命に抵抗の言葉を口にした。

「だ、だめ……あぁ！」

だが、雪人の舌は、離れてはくれなかった。

柔らかな粘膜が、ざらついた舌先になぶられる。耳に入る、ぴちゃぴちゃという音。

春花は短い嬌声を漏らし、びくびくと腰を浮かせる。

「っ、あ、やぁ……っ、あぁん……っ、だめ、だめぇ……っ！」

雪人の唇が妖しく動く。

まるで彼の唇と春花の陰唇が口づけを交わし合っているようだ。

春花の花芯が緩やかにほころび、蜜を滴らせる。

「はぁ……ん、あっ、あ……っ」

身体を揺すり、目尻から涙を落としながら、春花は無意識に、指の背に歯を立てていた。

口でされるなんて絶対にいけないことだと思う。

なのに、気持ちがよすぎて、頭の中が滅茶苦茶になってきた。

小さな刺激を拾うだけでも耐え難くて、身悶えしてしまう。

「あぁっ、ひぁ……」

意味をなさない声を漏らす春花の声に応えるように、雪人が顔をずらして、ぽってりと赤みを帯びた花芽のあたりを啜った。

彼の鼻先が、春花の和毛に沈む。

行為のあまりの淫らさと気持ちよさに、春花の脚がわななく。

「やぁー……っ！」

しゃぶられている秘部が、きゅうっと疼いた。雪人がその反応に満足したかのように、ゆっくりと舌を、秘裂に差し入れる。

「あぁっ、あああーっ！」

がくがくと腰をふるわせ、春花は首を振った。

ざらざらした舌が、春花の蜜窟の入り口を広げるように、何度も行き来する。

ぴちゃぴちゃという音は、いつしか咀嚼音に近い激しさに変わっていた。

春花は羞恥と快楽に泣きじゃくりながら、されるがままに大きく脚を広げ、声を漏らして腰を揺らす。

顎を伝うのは、涙とよだれまじりの何かだ。

つんと立ち上がった乳嘴が、春花のゆがんだ視界で空しく震える。

「いやぁぁ……っ！　もう、おかしくなるから……ぁ！」

雪人がひときわ大きなじゅっという音を立て、あふれ出した蜜を吸い尽くした。

そうして春花の脚の間から顔を離し、パジャマを脱ぎ捨てるとそれで雑に顔を拭った。

「あ……も、もう、終わり……だよね……」

さんざんに泣かされ、かれ始めた声で春花は尋ねた。ひじを突いて上半身を起こそうとするけれど、身体に力が入らない。

「いや、これからセックスする。今のはほぐしただけだ」

雪人の言葉に、春花はシーツをぎゅっと握りしめた。

まだまだ、食べ尽くされる。今のは味見をされただけなのだ。そう思った瞬間、新たな蜜が身体の奥からじわりとにじんできた。

チェストの引き出しから避妊具を取り出した雪人が、反り返った剛直にゆっくりとそれをかぶせる。

春花は身じろぎもせず、その大きさに見入ってしまった。

――き、きのう、あんなの入れたんだ……嘘……

雪人が身体を倒し、春花に覆い被さった。

天を突く勢いで反り返ったそれが、春花の下腹部に触れてぶるりと揺れる。

「挿(い)れていいか？」

耳元で尋ねられた。春花はこくんと頷き、雪人の背中にゆっくりと腕を伸ばす。

「もう少し脚を開いて」

雪人の言葉に、春花は素直に脚を開く。雪人が腰を浮かせて、荒ぶる熱楔(ねつくさび)の先端を、快楽でほころびた春花の花芯にあてがった。

「っ……、あぁぁ……っ！」

じゅぷじゅぷと恥ずかしい音を立てて、春花の身体に雪人のすべてが収まる。圧倒的な質量に、春花の蜜路が悲鳴を上げたように感じた。

――大きい……苦しい……

たくましい肉杭に奥を突き上げられるのは、内臓が押される、と思うほどの違和感だった。春花はぽろぽろと涙をこぼしながら、必死で呼吸を整える。

「あ……っ、絶対、これ、昨日より……おっきい……っ……」

「そうかもな……俺も興奮してるから」

雪人の声も、かすかに乱れ始めていた。

「俺は春花が好きなんだ。君はいまいちわかっていないかもしれないけど……好きだから、俺は、こうやって、君を奪って汚したい」

中をきちきちに満たしていた熱杭が、ずるりと前後に動く。

その刺激に、たちまち未熟な蜜窟がひくついて、蜜をにじませた。

ぐちゅっという音と共に、緩やかな抽送が一度だけ行われる。雪人が様子をうかがうように、春花の顔をのぞき込んだ。

「痛いか?」

そう尋ねる彼の顔は苦しげで、額にはうっすら汗がにじんでいる。春花は首を振り、小さな声で答えた。

「大丈夫……動いて……」

再び、春花の身体をうがつ熱塊が、じゅぷじゅぷと音を立てて中を擦り立てた。

太くたくましい熱杭の感触に、春花の粘膜が反応し、絡みつく。焼かれるような快楽が、隘路から、ゆっくりと下腹部全体に広がる。

「い……っ、あ……あぁ……」

蜜音を立てて彼の身体を貪(むさぼ)りながら、春花は唇をかみしめた。

乳嘴(にゅうし)が彼の胸板に擦(こす)れるだけで、頭にまで響くほどの刺激を感じてしまう。

雪人のかすかな汗のにおいから彼の興奮を感じ取り、春花の全身に鳥肌が立った。

「本当に、どこにも行かせたくなかった」

春花の身体を緩(ゆる)やかに貫(つらぬ)きながら、雪人が呟く。

突き上げられるたびに、春花の身体が激しく揺さぶられる。

「あ、あんっ」

雪人に攻め立てられながら、春花は無意識に短い声を上げ続けた。

「まだきついな、だいぶ柔らかくなったと思ったのに」

淫(みだ)らな音を立ててつがいつつ、雪人が呟く。わずかに上半身を起こした彼の胸には、汗が浮いていた。

「もう少し脚を開いて、奥まで入れさせてくれ」

そう言って、雪人が春花の両脚の下に手を入れ、大きく開かせる。さらに恥ずかしい体勢になった。

「やぁ……っ、もう、奥まで入って……ひ……っ！」

茂み同士がふれあい、強く擦れ合う。

さらなる力で最奥を押し上げられて、春花は思わず、力一杯肉杭を締めつけてしまった。キスするときのような音が聞こえる。

強い刺激に、花襞がくちゅりと音を立てて収縮した。

その柔らかな場所が、中を貫く剛直に愛おしげに絡みつき、春花の意思とは無関係に淡い蠕動を始める。

「あぁ……ッ、中、破れちゃう……っ」

半泣きで訴えた春花の額にキスをして、雪人が囁いた。

「破れない。大丈夫、上手にできてる」

彼の声が耳朶を震わせた瞬間、ひくっと下腹部が波打った。ますます楔を締めつけながら、春花は熱い息を切れ切れに吐き出す。

「っ……あ、大丈夫、じゃ、ない……ほんとに、大きくて……っ」

熱くなったこめかみの上を、幾筋も涙が流れ落ちる。

顔中びしょ濡れで、ふやけてしまいそうだ。

春花は不器用に身体を揺すりながら、懸命に抽送を受け止めた。

「やっ、あぁ……っ……あぁん……」

硬くなった乳嘴が彼の胸板に触れるたびに、喉から甘えるような媚声がこぼれる。

気がつくと、春花は雪人の腰に脚を絡ませて、力一杯しがみついていた。

「春花、イッていい？」

無我夢中で身体を擦(こす)りつけながら、春花はこくりと頷く。

頭の芯も、身体の奥も痺(しび)れて、何も考えられない。

息ができないくらいに抱きしめられると同時に、ひくひくと震えていた下腹部から背筋に強い快感が走り抜ける。

「あ……あぁ……」

はしたなく蜜をこぼしながら、春花は雪人の背中をぎゅっと抱きしめた。

同時に、身体の奥深くで受け止めていた雪人の昂(たかぶ)りが、情欲を吐きつくし、大きく脈動する。

しばらくつながったまま、春花は情交の余韻に身を任せた。

――ああ、あったかい……。雪人さん、すごくあったかい……大好き。

こうして抱き合っていると、心臓の音が聞こえて、とても満ち足りた気分になる。

隙間なく肌を重ね合い、身体が一つになった気さえしてくる。

――不思議……この前まで、触れられることさえなかったのに……

春花の胸に、幸せな気持ちがあふれた。

この人の腕の中は温かくて、安心できて、大好きだ。そう思いながら、春花は雪人の首筋に顔を埋(うず)めた。

なってきた。

しばらくして、身体を離した雪人が、脱ぎ捨てた自分のパジャマの上で身体を拭(ぬぐ)ってくれた。神経質なくせに妙に無造作なところが、とても雪人らしい。なんだかおかしくなってきた。

春花は身体に力が入らないので、されるがままに身を任せる。もう、裸を見られて恥ずかしいという気持ちすら麻痺している。

「明日洗えばいいか」

そう言って、雪人が汚れたパジャマを丸めて床の上に放った。

「ほら、これを着て」

「うぅ……自分で脱がせたくせに……」

「いいから。風邪を引く」

雪人は、春花にパジャマを着せたあと、自分は新しいパジャマを着込み、汚れた服を手に部屋から出て行った。

雪人の匂いに包まれてこうしていると、とても安心して、うとうとしてくる。

しばらくして、洗面所から雪人が戻ってきた。春花の横に寝そべる。

「……おかえりなさーい」

そう言いながら、すでに春花は眠りモードだ。そんな春花を抱きしめ、雪人が笑った。

「寝るのか」

「うん……ねむい……」

「……お休み」

雪人がそう言って、額にキスを落とした。

夢のようだ。彼がお休みのキスまでしてくれるなんて。

眠くてまぶたが落ちそうなのに、つい顔が緩んでしまう。

「こら、何を笑ってるんだ」

雪人のちょっぴり呆れた声を聞きながら、春花はことんと眠りに落ちた。

第四章

雪人は、名門・遊馬家の長男として生まれた。

母は先代当主の一人娘で、父はその入り婿だ。

父はとても優秀な弁護士だったらしいが、父の実家が経営していた不動産会社が倒産し、莫大な借財を抱えた。そのせいで、将来を約束した女性とも結婚できずにいたという。

その父に、援助と引き換えに『娘との結婚』を打診したのが、雪人の母方の祖父だった。

祖父は、優秀な血筋を遊馬家に取り入れたかったらしい。

彼らの一人娘……雪人の母は、素行が悪かった。その母のできの悪さを補うべく、父の血を欲したのだ。

そうして雪人の両親は、お互いが望まぬ結婚をした。

男遊びをやめられないお嬢様と、愛する女性と引き離された弁護士。

雪人が生まれてからも、父の妻子への無関心は相変わらずで、母の男遊びは直らなかった。

ある日、三歳の雪人を放り出して男と出かけた母は、その現場を写真に撮られた。

撮らせたのは、雪人の父だ。

彼はその写真をもとに妻の不貞を訴え、離婚を勝ち取って、遊馬家から出て行った。

その後、引き離された恋人のもとへ戻ったと聞いている。

父親は今、九州で弁護士事務所を営む傍ら、愛する人と幸福な家庭を築いているそうだ。

雪人はそれから一度も会ったことはないし、顔も覚えていない。

母の方も、情の薄さという点では同じだ。

とても美しかった母は、実家の財産を背景に離婚後も遊び続けた。

だが、荒れた生活がたたったのか、ある朝心臓が止まり、二度と目覚めなかった。

一人になった雪人には、母のいとこの男性が後見人としてついた。

雪人は便宜上彼を『叔父さん』と呼んでいるが、正しくは母の兄弟ではない。

『君が、君のお母さんのようになっては困る』

遊馬家の体面を非常に気にする叔父は、雪人の教育面に厳しく口出しをしてきた。雪人に悩みがあろうと、泣いていようと、一切お構いなし。叔父は雪人の『監視員』だった。

祖母はとうに亡く、祖父は娘の不行跡による心労のため、寝込んでいる。

雪人は遊馬家の豪邸で、お人形のように暮らしていた。

父の血のお陰か、雪人は頭だけはよく、お陰で、叔父に叱責されない程度の学歴を得ることはできた。

そして雪人が二十のとき、婚約者が決められる。

相手に選ばれたのは、大手建設会社の創業者一族の長女、美砂だ。

美砂は容姿も知性も兼ね備えた、申し分ない女性だったが、雪人は彼女になんの感情も抱かなかった。

恐らくは、美砂も同じだろう。

彼女は雪人といるときに、愛想笑い以外の表情を見せることがなかった。

それから、美砂にはやたらと父親から電話が掛かってきていた。電話のたびに美砂は怯えたような、おもねるような表情で、ひたすら服従の返事をしていた。

親にひどく抑圧されているのだな、と雪人は思ったものの、彼女への助言など思いつかなかった。なぜならば、雪人と美砂は同類の人間だったからだ。

——名門と呼ばれる家に、人生を搾取されている同士……

美砂は最近、仕事で世界を飛び回っているらしい。

この数年で一気に傾いた実家を経済的に支援するため、かなりハードな労働にいそしんでいると聞いている。

美砂にとっては、実家の危機が優先。雪人との結婚など後回しなのだろう。

雪人も、それで構わないと思っている。望まない結婚など、先送りになればなるほど、ありがたい。この人生に春が来ることなどないだろう。

春花と出会う一年ほど前、雪人は、遊馬グループの土地開発事業を行う子会社に、役員として出向した。

そこで彼が手がけたのは、大規模な商業施設誘致と、街の再開発事業、それに伴うマンション建設の案件に関わる仕事である。

それは非常にクレームが多く、『町並みを変えないでほしい』『マンションができたら、日当たりが悪くなる』と、人々からの反発も多かった。

役員として、それらの折衝に顔を出す毎日が続いた。

遊馬家の取り巻きからは『雪人さまがそのような場にお出にならなくても……』とやんわり制止されたが、雪人はあえて、この仕事を選んだのだ。

雪人にとって、上流階級と呼ばれる世界には、苦み(にが)と痛みの記憶しかない。別の世界には、どのような苦しみがあるのか見たかった。そうしてどこも同じだ、と納得できれば、別の世界に行きたいという幻想など抱かずにすむだろうと思えたからだ。

その予想は大当たりで、皆、不満と不平、怒りを雪人にたたきつけてきた。

苦情には誠心誠意対応してきた雪人だったが、だんだんわからなくなってきていた。

これは効果的な再開発だ、自分たちの仕事は間違っていないと思う反面、自分は誰も幸せにしない仕事を、強引に進めているのではないか……と。

そのとき一瞬、酷い頭痛を感じた。上手く働かない頭で、雪人は、立ち退き(の)期限をもう少しだけ延ばしてほしい、と申し出のあった『渡辺医院』に向かう。

――渡辺さんは無茶なことを言っているわけではないようだが……一応、計画立案側の責任者である俺が一度話を聞いておくべきだろうな。

重い足を引きずるようにして、雪人は、目的の『渡辺医院』に到着した。

患者の姿はなかった。土曜日の午後は休診なのだろう。

事前に教えられた通り裏手に回り、住居用のチャイムを押す。

「はーい！」

軽い足音が聞こえる。飛び出してきたのは、まだ成人前とおぼしき少女だった。

大きな目に、柔らかくまっすぐな明るい色の髪。

見るからに素直そうな、誰からも好かれる印象の少女だ。化粧気のない肌にはしみ一つなく、幼さの残る美貌をその美しい肌が引き立てている。

——お嬢さんかな。綺麗な子だ。

珍しくそんなことを思いつつ、雪人はビジネス用の笑みを顔面に貼りつけた。

「こんにちは、遊馬土地開発のものです。渡辺先生とお約束があるのですが」

雪人の顔を束の間不思議そうに見つめたあと、少女はニッコリと笑った。

「父から聞いています。どうぞ」

明るい光みたいな、愛らしい笑みだった。

少なくとも、雪人がこのくらいの歳の頃に、こんな笑みを浮かべたことはない。

「お父さんはどちらに……?」

「ちょっと病院に診てもらいに行ってます！　もうすぐ帰ってくるので待っててください」

約束があるのを知っていながら通院するとは、急病だろうか。出直した方がいいだろうかと迷ったが、少女は特に何も言わない。

そのまま弾むような足取りの少女に案内され、雪人は居間に通された。

それほど広くない家に、使い古された平凡な家具。

医師の家庭という割には、あまり豊かそうには見えない。

棚の上に、引き伸ばした大きな写真が飾られていた。

三十前後の男性が、幼い女の子を腕に抱いている。その傍らでは美しい若い女性が微笑んでいた。

――ああ、あの子の小さい頃の写真か……。綺麗なお母さんだな。よく似てる。

そんなことを思いながら案内されたソファで待っていると、不器用な手つきで盆を手にした少女がトコトコとやってきた。

「麦茶なんですけど……」

差し出されたガラスのコップには、丸っこいクマの絵が描いてあった。

「あとこれ……アーモンドチョコです」

そう言って、少女が封を切っていないアーモンドチョコの箱を目の前に置く。

なかなか、新鮮なもてなしだった。少なくとも雪人には珍しく思える。

「すごい汗……」

言われて、雪人は自分の額を汗が伝っていることに気づいた。

「すみません。では上着を脱がせていただいて……」

息が苦しい。やはりちょっと、調子が悪いのかもしれない。

上着をハンガーに掛けている少女の姿を眺めていたら、扉の開く音がして、痩せた男性が入ってきた。

「お父さん、おかえり！　お客様お通ししておいたよ」

「ああ、ごめん。ありがとう」

雪人は慌てて立ち上がり、男性に深々と頭を下げた。

彼が立ち退きの日程を繰り延べてほしい、と言っている渡辺医師だ。

「申し訳ありません。お嬢さんしかいらっしゃらないところに……。先日ご連絡した遊馬です」

「私がお通しするように頼んでおいたんですよ。すぐに戻る予定でしたので」

頭を下げた瞬間に感じためまいをやりすごし、雪人はハンカチで額の汗を拭う。

気づけば、少女の姿はなかった。父親が帰ってきたから、バトンタッチしたのだろう。

「あーあ、すみません。こんなものをお客様にお出しして」

渡辺氏が、机の上を一瞥して笑い出す。

どうやら、もてなし用に出された、アニメ調のクマの絵が描かれたグラスと、未開封のアーモンドチョコのことを言っているようだ。

「ほんとうに、娘は背ばかり伸びても、まだ子どもで。これ、あの子がコンビニで買ってきた自分用のお菓子ですね。全く……お友だちが遊びに来たんじゃないんだから」

優しい父親の顔だ。雪人には縁のなかった顔に、なぜか胸が疼く。

幼い頃雪人がたまに失敗をすると、叔父は嫌そうにため息をつくだけだった。

世の中には、失敗を許される子どもがいることを、雪人は改めて思い知る。そういった存在を薄々知ってはいたけれど、自分には関係のない世界の話だと思っていた。

渡辺氏は雪人にソファに座るように言って、背を向けた。

「コーヒーを淹れてきますね」

雪人は慌てて腰を浮かせ、淹れていただいたお茶でいいです、と言いかけた。

だがその瞬間、すうっと血の気が引き、思わずテーブルに手をついてしまう。

台所に向かいかけていた渡辺氏が、驚いたように雪人のところに戻ってきた。

「どうしました？」

まるで慌てていない、明瞭な口調だ。医者みたいだな、と思いかけて雪人は苦笑する。

——いや、本物のお医者様だったな……

それにしてもめまいが治まらない。体力にだけは自信があったのに。

雪人は、手で冷たい額を押さえた。身体が震えている。目玉が勝手に動いて、視界が回転している。

クライアント先で無様にひっくり返るわけには……そう思った瞬間、渡辺氏の声が耳に届いた。

「聞こえますかー？　遊馬さん、なにか持病はありますか？　めまいとかよく起こします？　風邪引いてたり、なにかお薬飲んだりしてる？」

「え……？」

自分の声で、雪人は我に返った。

心配そうにこちらをのぞき込む、渡辺氏と、その娘の顔が目に入る。

クライアント先でひっくり返ったあげく、ソファに寝かされているのだと気づいたのは、数秒遅れてのことだった。

「貧血かな、無理しないで」

穏やかな渡辺氏の言葉に飛び上がるようにして跳ね起き、慌てて頭を下げた。

……結局その日は、体調が悪すぎて、あまり打ち合わせにも集中できなかった。通り一遍(いっぺん)の説明とヒアリングを済ませ、雪人は渡辺邸をあとにした。

渡辺氏には『めまいの検査を受けた方がいい』と言われたが、健康診断は、先月受けたばかりだ。

特に身体に異常はないはずだと告げると、『じゃあストレス性のものかもしれないね』と、助言をされてしまった。

――というか、渡辺さんは俺の心配をしている場合じゃないだろう。

さっき聞いた、渡辺氏が立ち退きを渋る理由が、雪人の頭の中をぐるぐる回る。

『私は身体を壊しているので、あまり長く診療所は続けられないのです。いついなくなるかわからない医者なんて、患者さんに迷惑を掛けますからね。今は他院への引き継ぎ期間です』

絶句する雪人に、彼は温厚そうな笑顔で続けた。

『暗い話で申し訳ない。……私は余命宣告も受けていまして。今日も診察後、疼痛ケアの外来に行っていました。諦めてはいません、娘がまだ子どもなんでね……何が何でも長生きしないと』

あのとき、傍らの彼女……春花は、無表情で父と雪人の様子を見守っていた。

――余命？　もう長くないって……

痩せた、人のよさそうな笑顔の渡辺氏を思い浮かべたら、ずしんと気分が暗くなった。

――どうするんだろう。お嬢さんは一人になるのか……

雪人の脳裏に、渡辺氏の娘の姿が浮かぶ。春花は一人っ子だと聞いた。渡辺氏の妻はずっと前に亡くなり、男手一つで彼女を育てているらしい。

春花の歳は十八。専門学校への進学が決まっているという。

――十八なんて、まだ子どもじゃないか……

あんな歳で両親に先立たれて、裕福なバックグラウンドがあるわけでもないあの子は、これから一体どうなるのだろう。

春花が出してくれたチョコレート菓子のことを思い出す。子どものおやつのような品だった。

あの子は、本当に普通の少女だ。世間の悪意に晒(さら)されたこともない、無邪気な女の子なのだ。

――やめよう。よその家庭の事情なんて自分には関係ない。いちいちクライアントの身内の問題に首を突っ込んでいる暇なんてない……

雪人には他に、やるべきことが山のようにある。

だが、どうしても春花と渡辺氏のことが頭から消えない。

弱っているときは、同じように弱っているものが気になるのかもしれない。

気づけば雪人は、娘を置いて世を去ろうとしている穏やかな父親と、愛らしい子鹿のような娘のことを、頻繁(ひんぱん)に考えるようになっていた。

二ヶ月ほど後。

仕事で渡辺医院の近所に向かったついでに、雪人は手土産(みやげ)を持って渡辺家を訪れた。

だが、手土産(みやげ)を渡して帰ろうとすると、渡辺氏が「あ、ちょっと待ってて」と部屋の奥へ引っ込んだ。

「こんにちは！」

玄関で手持ち無沙汰に佇む雪人に、春花が声を掛けてくる。

「お土産ありがとうございます。今日はお父さんと話をしなくていいんですか？」

春花がそう言って、愛らしい笑みを浮かべる。無邪気な口調だった。

「仕事で近くに立ち寄ったので、差し入れを持ってきたんです」

――いや、実際は違う。

重病だという渡辺氏が無事なのかを確かめたくて、わざわざ時間を作ってここに来たのだ。

我ながら赤の他人に同情しすぎだ、と思うのだが、なぜか気になって仕方がない。

雪人は失礼にならない程度に、春花の可愛らしい顔を見つめた。

彼女の今後を想像すると、胸がずっしりと重くなる。

――俺は、両親の庇護のない子どもの世界を知っている……

雪人には、親の役割を果たしてくれる存在はいなかった。親から子へ与えられるはずの愛情を受けない、孤独で寒い人生だった。

だが、春花は違う。明るく愛らしく、幸せそうだ。きっと、渡辺医師から愛情を受け、育ってきたのだろう。そんな父親の庇護を失って、春花はどうやって生きていくのか……

十八歳なんて、子どもだ。悪意に晒されれば、あっという間に食い潰される。

雪人の脳裏に、幼い頃に垣間見た、母の取り巻きたちの姿が浮かぶ。たばこ臭くて、酒で焼けた声の男たち。荒れ果てた生活を想像させる下品な言葉遣いに、荒れた服装、荒れた肌。

ああいうものたちが、これから春花に群がるのかもしれない。

春花を待っているのは、父を亡くす悲しみだけではなかった。父に守られた温かい世界から、悪意と汚い欲望のあふれる冷たい闇へ、彼女は沈んでいかねばならないのだ。

そう思った瞬間、得体の知れない焦燥感がこみ上げる。なぜ哀れな少女を放っておくのかと、心の中のほんのわずかな良心が囁く。

——俺には……関係ない。よその家庭のことだ……

雪人は、華奢な春花の肩に目をやったまま、ぎゅっと拳を握りしめた。

「遊馬さん、どうしたんですか？　また目が回るんですか？」

「あ、すみません。違うんです。考え事を……」

春花の問いをはぐらかそうとしたとき、家の奥から渡辺氏が出てきた。

「やっと見つけた、すみません。いつも携帯、どっかやっちゃうからなぁ……これが友人がやってるクリニックの電話番号。いいやつですからね、よかったら受診してみてくださいね」

そう言って、渡辺氏が紙片を差し出す。

紙片にはメンタルクリニックの名前と電話番号が書かれている。

先日雪人がひっくり返ったのを心配し、医師を紹介してくれる心づもりらしい。

「ありがとうございます」

赤の他人に対して親切すぎるな、と思いながら、雪人は頭を下げてその紙を受け取る。

――もう来るのは止そう、気を使わせすぎてしまう。

雪人はそう思い、手を振る春花に微笑みかけて、渡辺家を辞去した。


初めて渡辺医院を訪れてから、半年近くが経過しただろうか。

今日も手土産と共に、雪人はあの家を訪れようとしていた。

――何をしているんだろうな。なぜ渡辺先生親子が気になるのか……

そう思いながら、雪人はいつものように約束の時刻にチャイムを押す。家の中から、春花がひょこっと顔を出した。

雪人を見て笑顔になり、彼が手にした土産物の菓子の袋が目に入るやいなや、さらに笑みを深める。

――素直な子だな。渡辺先生が目の中に入れても痛くないほど可愛がるのもわかる……

つられて微笑みながら、雪人は春花に菓子の袋を差し出した。

「詰め合わせです。よかったら食べて」

「ありがとうございます！」

弾むような口調で言って、春花が紙袋を恭しく受け取る。雪人を居間に案内し終えるなり、彼女はお菓子の袋を手にそそくさと出て行った。

「こんにちは。お加減はいかがですか」

いつものように、雪人は渡辺氏に尋ねた。

この半年でずいぶん痩せた。顔色もよくないし、挨拶で一度ソファから立ち上がったあとは、疲れ切ったように座ったままだ。

「まあまあかな。仕事をしている間は調子がいいです」

そう答えてくれた渡辺氏に、雪人は『病院閉院後のプラン』をまとめた資料を手渡す。本来であれば部下に任せるような仕事だが、今日も、理由をつけて自分が来てしまった。

「そんなことより君の体調は？」

渡辺氏の方がずっと深刻な容態のはずなのに——。人を気にする余裕が、なぜあるのだろう。

「その節はご迷惑をおかけしました。私のことは気になさらないでください」

「俺の友達の医者のところ、行きました？」

尋ねられて、雪人は言いよどむ。精神的な不調で病院に通うことに抵抗があった。叔父や親族に知られれば『当主として不適格』とみなされるだろうし、色々うるさく言われることは目に見えている。それは面倒だ。

「そのうち時間が取れたら伺おうと……」

「遊馬さんね、全然顔色よくなってないですよ」

どうやら、職業柄、雪人の顔色の悪さが気になるようだ。

「鍛え方が足りないようですね、普段から気をつけるようにします」

冗談めかしてそう答え、話をしようと資料を開いた雪人に、渡辺氏は言った。

「心はそんなに簡単に鍛えられない、守るしかないんです」

守る……とはどのようにだろう。雪人は首をかしげ、軽い口調で返した。

「イヤなことがあっても、何も感じないようにするとかですかね」

それはいつも、雪人がやっていることだった。

何も感じなければ、そのことは雪人に影響を及ぼさない。

だから無感動でいればいい。感情を上滑りさせて、動揺しないように生きればいいのだ。

子どもの頃からそうしてきたから、正しいはずだ。

「それは違うと思いますよ」

だが、雪人の答えに、渡辺氏は意外な反応を示した。

とっさに返す言葉が出てこない。鎧の内側にこもることしか知らないのに。

そんな雪人に、渡辺氏は続ける。

「なるべく、自分の力で心の中を明るくしなくては。普段からたくさん『よかったこと』『幸せだったこと』を心に蓄えておかないと、いざ辛くなったときに、自分を支えられない。自分の人生の色が、なるべく明るくなるよう、日頃から気をつけるんです。そうでないと、灰色や黒の出来事を受け止められなくなる」

雪人は一瞬言葉を失った。わかりました、と言うべきなのに、言葉が出てこない。

雪人の人生は、ずっと灰色だった。お金はあっても、人からの愛情など感じられない生活。そんな毎日に訪れる不快や苦しみは、身体を固くしてやり過ごしてきた。

そのことを見透かされたようだ。

無意味にペンを持ち替える雪人に、渡辺氏が独り言のように呟く。

「すみません。もう先が長くないので、私が知っている『それなりに役に立つこと』を、相手構わず教えたくなってしまって」

そんなことはない、すぐにきっと元気に……そう言いかけて雪人は呑み込んだ。

無駄な慰めなどいらないのだ。彼は自分の終わりを、はっきりと自覚している。

重い沈黙が満ちた、そのときだった。

「いただいたお菓子持ってきました！」

ぱっと花が咲くような明るい声がして、春花が不器用な手つきでお盆を手にやってきた。

お盆の上には、雪人が持参した焼き菓子が山のように詰まれている。

「早速食べるのか」

春花のうきうきした様子に、渡辺氏が笑い出す。

真剣な手つきで紅茶を配り終えた春花が、父親の隣にちょこんと腰掛けた。

「遊馬さんも召し上がってください！」

可愛らしい仕草に、雪人は思わず微笑む。

渡辺氏が、春花の頭を小突いておかしそうに言った。

「私が食べたいから付き合ってください、だろう？」

「……はい……」

春花が白い頬をばら色に染め、上目遣いで雪人を見上げた。

『早くお菓子が食べたい』とその顔に書いてある。

「私は結構です。春花さんと渡辺先生、お二人でどうぞ」

雪人は頷いて、明るい声で告げる。

その言葉に、春花が満面の笑みを浮かべて、マドレーヌを頬張り始めた。

――そういえば、春花さんは……お父さんがこんな状態なのに、いつも笑顔で明るいな。心配していないわけではないだろうに。先生の育て方がいいんだろうな……

いつ見てもニコニコしている春花をぼんやりと見つめながら、雪人は思った。

全ては渡辺家の事情だ。雪人はたまたま、彼らの状況を知っただけにすぎない。

踏み込んでいいことではない、とわかっている。

だけど、渡辺氏に何かあったとき、春花は大丈夫なのだろうか。その思いがどうしても頭から離れない。

——俺は自分の境遇に、春花さんを重ねてしまっているのかもしれない。俺の場合は、経済的には決して不幸ではなかったけれど……春花さんは……

なぜ、渡辺親子に、容赦ない別れが迫っているのだろう。

雪人には、そのことが理不尽に思えて仕方なかった。

その日から、雪人はいっそう足繁く渡辺家を訪れるようになる。

春花は必ずしもいつも家にいるわけではなかったが、顔を見かけるときはいつも笑顔だった。

彼女の明るさが、雪人には不思議に思える。

だが、『今後に対する不安はないのか』などと春花に聞く勇気はなかった。不用意なことを言って、明るい彼女を傷つけたくない。

春花は「お父さんと友達になったんですね」と、会うたびに無邪気に笑ってくれた。

彼らと初めて出会ってから、一年と少し経っていただろうか。

渡辺氏は、なぜか常に雪人を励ましてくれた。

自身の容態は悪化する一方なのに、よそ者の雪人に、不思議なくらい優しい。

疼痛ケアの病棟に入院した渡辺氏を見舞った日にすら、彼は雪人を励ましてくれた。

「遊馬さん。あなたはお金持ちで男前なんだから。いいことがたくさんありますよ。そんな能面みたいな顔してないで、もっと笑顔で」

痛み止めや輸液の管につながれていても、渡辺氏は明るい笑顔だった。

「人生は自力で明るい色に塗り潰さないと。最後まで所有できるのは、自分の記憶と、思考だけですから。明るく、明るくね」

病魔を忘れさせるような力強い笑顔で、渡辺氏は言った。

「ああ、でも私は、遊馬さんみたいな真面目な人は好きだな。だから、あんまり思い詰めないでくださいね。こんな仕事の責任者で、クレーム処理とか大変でしょうけれど……。このあたり、再開発していただくことになって、よくなってきていますよ。駅ビルが新しくなるのだって、皆喜んでいるんじゃないですかね。娘なんか、駅前に大きな電器屋ができるって今からワクワクしてる」

恐らく自分はその新しい町並みを見ることはないだろうに、渡辺氏は言った。

「……住み慣れた場所が変わるのは嫌だって、苦情を仰る方の方が多いですが」

実際のところは、苦情どころではないのだが……

雪人の言葉に、渡辺氏が春花によく似た、色の薄い瞳を輝かせた。

「そうだろうなぁ……でも、皆慣れたらすぐに気に入りますよ。だって道路も駅前も、川沿いの堤防公園もぜーんぶ綺麗になるんだから」

「だといいのですが」

目を伏せた雪人に、渡辺氏は笑顔で重ねる。

「だから貴方の仕事は、素敵な仕事です。今はイヤなことがあっても頑張って」

素敵な仕事、という言葉に、雪人は目を見張った。

雪人と渡辺氏の関係は、立ち退きの調整に訪れた一企業の役員と、住居の所有者だ。敵意を持たれても仕方ないのに、なぜ渡辺氏は、こんなふうに……雪人にすら優しいことを言ってくれるのだろうか。

「楽しみだな。ほんと別の街みたいに綺麗になるんだろうなぁ……」

そう言って、渡辺氏が窓の外へ視線を投げる。病院の中庭しか見えない窓を見つめたまま、彼は穏やかな声で続けた。

「どんなときも、明日というのは楽しみなものですね」

「……ええ」

明日が楽しみだなんて……そんなふうに考えたことはなかったけれど、雪人は頷く。

「よかったら、春花の就職の相談とか、乗ってやってください。暇なときでいいので」

渡辺氏がぽつりと言った。

春花の華奢（きゃしゃ）な背中が、雪人の中にふと浮かぶ。

――そうだ。できる限り、春花さんが安全な場所で生きていけるよう支援しなければ。

渡辺氏に託された言葉の重みをかみしめつつ、雪人は可能な限り、明るい笑顔で頷いた。

「そういうことなら、比較的お役に立てると思います。何かあったら電話するよう、春花さんに伝えてください」

それが、雪人が渡辺氏と過ごした最後の日だった。

訃報（ふほう）を受け取ったとき、雪人は俄（にわか）に事実を受け入れられなかった。

――亡くなったって……急すぎないか？　冗談だろう？

前回見舞いに訪れてから、二ヶ月も経っていない。あの日は普通に喋（しゃべ）れたのだ。渡辺氏はまだ、静かに穏やかに療養していると思い込んでいた。

雪人は『顧客の通夜に』と秘書に言い置いて、常備してある喪服に着替え、会社を飛び出した。

電話越しの、感情が抜け落ちたような春花の声を思い出すと、胸がきしむように痛んだ。

春花は恐らく、雪人が渡した名刺を見て連絡をくれたに違いない。

一人でいても大丈夫なのだろうか。

春花を案じた瞬間、母の葬儀の日に、一人で放っておかれた記憶がよみがえる。

『雪人さんはまともに育つかしら。母親の血を引いているのに』

『親戚の方がちゃんと監視なさるそうだから……』

――とにかく春花さんの様子を……嘘であってほしい。

電話で伝えられた斎場にタクシーで乗りつけた雪人は、そこに示された名前を見て、一瞬立ちすくんだ。

――渡辺先生……本当に……。春花さんはどこだ？

「父親が死んだってのに泣きもしないで……強情な子だよ。わざわざ顔を出した人間にお礼も言わないでさ。まああの歳で親がいないなんて可哀相だとは思うけど」

不躾な大声に雪人は思わず振り返る。太った喪服姿の女性が、連れの女性と噂話をしている。

あまり感じのいい女性ではなかったが、雪人は彼女に歩み寄り、春花の居場所を尋ねた。

――控え室にいた……？　どこだ？

雪人は斎場の中を足早に歩き回り、控え室を見つけて扉をノックする。返事はない。

そっと扉を開けると、春花が一人でぼんやりと座っていた。

春花は泣いていなかった。大きな目で一瞬雪人を見つめ、疲れたように目をそらす。

「連絡を受けて驚きました……大丈夫ですか」

春花は頷いて、立ち上がった。

「電話してすみませんでした。遊馬さんが来てくれたら父も喜ぶと思って。ご挨拶に立っていないといけないのに……私、貧血を起こして……」

雪人の脳裏に、先ほどの噂話がよぎった。

『父親が死んだってのに泣きもしないで』

底意地の悪い声を思い出した瞬間、雪人は何かに突き動かされるように言っていた。

「俺がいるから、ここで休んでいなさい。まだ顔色が悪い」

その言葉に春花が大きな目を瞬かせた。

やつれ果てた小さな顔に、胸をかきむしりたい気持ちになる。希望も安らぎも奪われた人間には、泣く力など残っていないのに。この子はまだ、二十になったばかりなのに……。

よその家庭の事情に踏み込むな、という理性の声を振り切る。

「今日も明日も俺が一緒にいます。……渡辺先生に、春花さんのことは頼まれているから」

雪人は、少しだけ嘘を口にした。

頼まれたのは就職の相談に乗ってやってくれ、ということだけなのに。

「お父さんに？」

はじかれたように顔を上げた春花が、かすかに表情を緩める。

「……ありがとうございます」

春花がほっとため息をつき、疲れ果てたようにパイプ椅子に崩れ落ちた。

脱力した華奢な姿を見つめながら、雪人は小さな嘘をついた罪悪感を呑み込む。

――嘘は、本当にすればいい。俺が渡辺先生の代わりに、春花さんを庇護すればいい。成人して、落ち着くまで支援すればいいんだ。結果が嘘にならなければいい。

雪人はもう一度春花を見つめた。

顔色は真っ青で、可愛らしい顔には何の表情も浮かんでいない。そのことが、春花の負った傷の大きさを示しているようだ。

これまで目にした、春花のくるくる変わる表情を思い出す。

渡辺氏と他愛ないやり取りをするときの、幼さと甘えの残ったあどけない表情。

年相応の無邪気な言動と笑顔。雪人と違って、明るい色の光に包まれているような少女だった。

――春花さんは、余計な悪意に潰されてほしくない。

だから雪人はこのとき、全く『遊馬家の利益』にならない愚かな選択をしたのだ。

そして、葬儀が終わった夜。

「ここに住めばいい。風呂もトイレも全部別だし、プライベートルームには鍵も掛かる」

雪人はそう言って、傍（かたわ）らの春花に部屋の中を指し示す。

冷え切って青ざめている喪服姿の春花が、青白い顔で素直に頷いた。

雪人は春花を一人きりにしておけなくて、葬儀のあとに自宅へ連れて帰ってきたのだ。

もちろんわかっている。自分の行為が厚意と言うには少しやりすぎであると……

しかし、春花の親戚たちに、春花を預けたくはなかった。

「俺は春花さんの部屋に勝手に立ち入ったりしないから、好きに使ってほしい」

春花は疲れきった顔をしているが、一応、雪人の話に耳を傾けているようだ。

彼女の儚（はかな）げな横顔に、改めて思う。

春花の存在を露骨（ろこつ）に迷惑がる人間や、彼女の脚や胸をじろじろ見ている気味の悪い男に、彼女を託すなんてどうしてもできない。

放り出せば、春花が骨までしゃぶり尽くされてしまうとしか思えない。

「どうして何もお返しできないのに、こんなによくしてくれるんですか。お父さんに頼まれたからですか？」

春花のかすれた声に、雪人は慌てて頷いた。

「ああ。もちろん先生に頼まれたんだ。だから、誠心誠意、春花さんは俺が守る」

そう答えて、何度目かわからない、かすかな罪悪感を呑み込む。

嘘は、本当にすればいい……

春花を連れて帰ってから、一ヶ月ほどが経った。

二人で暮らす間、春花は一度も泣かなかった。

いつも明るく愛らしい笑顔で、雪人に接してくる。素直で頑張り屋の、いい子だった。

雪人の方が、春花の愛らしい笑顔のお陰で以前より元気になれたくらいだ。

——俺が助けたはずなのに。春花さんには助けられる一方だな……

春花には、独り立ちできる日まで、この家で安心して過ごしてほしい、と心の底から思う。

だから、春花を迎え入れることに反対している叔父を黙らせよう、と雪人は決意した。

——俺の行動は、世間から見たらおかしなことだとわかっている。血縁でもない知人の娘さんを家に住まわせて。……だけど、春花さんのためなんだ。放っておけない、絶対に。

春花が安らかに暮らせるように、あらゆる手を打とう。そう考え、雪人は『とある書類』を整え叔父のもとに向かった。

「婚約破棄の件は認めるが、別の女と暮らすとはどういうことだ。しかも後ろ盾もない小娘だなんて……。そんな女の何が、遊馬家の利益になると言うんだ」

眉をひそめる叔父に、淡々と告げる。

「俺の自由です。むしろ、俺の自由にさせてくれたならば、叔父さんを助けて差し上げてもいい」

「何を生意気な口を……！」

激昂しかけた叔父に、雪人は微笑みかけた。

「よろしいんですか？　俺の方は、『この件』から手を引いても構いませんが」

そう言って雪人は、叔父の使い込みの証拠を一揃い差し出す。

――もうこの人の機嫌を取らなくても、怖くない。叔父さんは、俺の人生には、いらない。これ以上、自分の人生を灰色に塗り潰さない。

叔父は、名門の当主の後見人となり、見栄を張って大盤振る舞いした結果、周囲の有象無象に金をむしり取られていた。挙句の果てに投資に失敗し、彼は今、莫大な借財を抱えている。

そして叔父自身は、そのことを雪人に隠していた。それどころか、雪人の財産の一部を勝手に売り払っていたのだ。

「叔父さんの借金はかさみすぎています。ですが、今清算するならばギリギリ間に合う。俺が肩代わりして差し上げましょう……これまで、俺の後見をしてくださったお礼に」

雪人の前で、叔父が苦虫をかみ潰したような顔になる。

遊馬家の『利益製造機械』として徹底的に叩き上げられた雪人と、度を超した放蕩に緩みきった叔父とでは、もはや経済人として勝負にならない。

雪人は半ば脅迫のようにその事実を伝え、好きなようにさせていた彼に釘を刺した。

叔父の家を辞去するときに、ふと、渡辺氏の優しい声を思い出す。

『自分の人生の色が、なるべく明るくなるよう、日頃から気をつけるんです』

……その通りだ、と雪人は思う。

ついさっき雪人は、長年自分の人生に影を落とし続けていた、叔父の存在を切り離した。惰性で人生を灰色に塗り潰すことをやめ、別の明るい色を手に取ったのだ。

――先生の言う通りだ。俺は、俺の力で、自分の人生の色を塗り替えなければ……

不思議なくらい足取りが軽かった。

雪人はそのまま、春花が待つ自宅へと急ぐ。

――今日は魚を焦がしていないかな……

どうやら、春花は掃除は得意なくせに、料理が苦手のようだ。

昨日出された、ひき肉の散乱した『肉団子スープのつもりでした』というメニューを思い出し、わずかに口元を緩める。

春花が来てくれて、毎日が楽しい。春花も笑ってくれる。家に帰り、春花と会話するだけで、雪人の心は今までになく明るくなる。

『わ、私、居候なので、今日から呼び捨てにしてくださいっ！』

エプロンを裏表に着けて、仁王立ちで叫んでいた春花の姿を思い出し、雪人は一人噴き出した。

自分に、可愛い妹ができたのだ。この『妹』に、もっと何かあげたい。この世界を生きぬく力となるような何かを。雪人の思考は、春花を守りたいという思いに傾いていった。

――そう。あの頃はまだ、雪人は、自分の心にあるものが『恋』だとは気づいていなかった。

そして一月後、雪人は、春花のためだと自分に言い聞かせながら、一つの提案を持ち出す。

性格の合わない婚約者と婚約破棄をするため、春花に正式な戸籍上の妻になってほしい。一年間つき合ってくれたら、お礼として、離婚時に財産の分与をする、という提案だ。

――問題になる叔父さんの動きは、もう抑えた。あとは、相手の家に正式に婚約の解消を申し出るだけだ。

突然『仮の妻になってほしい』と言い出した雪人に、当然ながら春花は目を丸くする。

だが、優しい春花は、しばらく悩んだ後に、笑顔で頷いてくれた。

『雪人さんが、どうしても結婚したくなくて困っているなら……。お金はいりません』

これは恋ではない、自分は春花を保護したいだけだ。雪人は何度も自分に言い聞かせる。

――俺は、いつかここを出ていく『妹』の幸せを支えたいだけ。正式に財産の一部を贈与したいだけだ。大丈夫、これからもずっと、保護者でいられる……

少なくともその頃の雪人は、そう信じていた。

第五章

――あ！　いけない！　朝ご飯作らなきゃ！

ガバッと起き上がって、春花は我に返った。

今日は日曜日だ。

昨日わんわん泣いたあと、エッチして疲れて寝落ちしてしまったらしい。涙で顔がゴワゴワしている。

春花は半身を起こしたまま、傍らの雪人を見つめた。

――一緒に寝ちゃった……えへ。寝てても綺麗な顔だなぁ……

高校のとき、友達の家で漫画を読みながら寝てしまい、スマホで写真を撮られたことを思い出す。

同時に『春花ってほんと、寝るのが大好きって顔して寝てる！』と言われたことまで、ついでに思い出す。

——私の寝顔、間抜けなんだよね……

そう思った瞬間、一緒に寝ているのが恥ずかしくなり、春花はモソモソとベッドを抜け出した。

今更だが、新婚さんは気恥ずかしいものだと気づいた。寝起きの顔を旦那さんに見られてしまうなんて……

軽くシャワーを浴び、髪を乾かして着替え、自分の部屋に戻る。

何となく気になって、指輪がちゃんとあるかを確認した。

大丈夫だ。ちゃんと両親の写真の前に飾られている。

何となくほっとしつつ、春花はキラキラのダイヤの指輪を指に嵌めてみた。

——わぁ……綺麗。

思わずニッコリした瞬間、部屋の扉が開いて、雪人が顔を出す。まだパジャマ姿だが、顔を洗って歯を磨いたのか、さっぱりした表情をしている。

「ああ、ここにいたのか。何をしてる？」

そう問われて春花は考えた。何をしているのだろう。

落ち着かなくて家の中をうろうろしていただけ……のような気がする。

「シャワー浴びただけ……」

赤くなりつつそう答えると、雪人が小さく噴き出した。

「おいで」

その言葉に頷いて、思い切って彼の腕にしがみついてみる。

「……何してる？」

「な、なんとなく……」

雪人が目を見開き、口の端をわずかに上げた。

笑われた、と思った瞬間、大きな手が春花の顎を摘んで、唇を奪う。

だがそれだけではキスは終わらなかった。

形のいい唇が春花の唇を貪る。彼の舌が、音を立てて春花の唇をこじ開けた。

脚が震える。

怖いからではなく、雪人に与えられた快感を思い出したからだ。

身体の芯が熱を持ち、下腹がかすかに疼いた。

「昨日の続きがしたくなってきた」

「つ……つづき？」

身体の熱さが増し、語尾が震える。

そんな春花の様子に喉を鳴らし、雪人が再び、かみつくようなキスをしてきた。

——ど、どうしよう……恥ずかしい……

春花は思わず、雪人のパジャマの袖をぎゅっと掴んだ。

脚が震える。

そう思った瞬間、唇が離れて、雪人の広い胸に抱き寄せられた。

「春花、俺の部屋に戻ろう」

囁かれた言葉に、春花は頷く。

耳まで赤くした春花の態度に満足したように、雪人が春花の頭を胸に抱き寄せた。優しく抱きしめられて、身体の奥に集まった熱が、耐えがたいものへと変質する。

落ち着かなく脚をもじもじさせた春花の耳に、雪人の声が落ちてきた。

「おいで」

抗えず、春花は彼に手を引かれてふらふらと歩き出した。

雪人の部屋に連れ戻され、ベッドに座るように促される。

肩を並べて腰を下ろすと、雪人が身をかがめるようにして、キスをしてくれた。

優しいキスの感触に、頭の芯が溶けそうになる。

思わず目を閉じた春花の手に、雪人の手が重なった。

――あ……

大きな手で、腿の上に置いた手を握られ、再び身体の奥の熱がぶり返す。

胸がドクドクと音を立てて、鎮まらない。この音が聞こえてしまったらどうしよう。

戸惑う春花の頬を、雪人がもう片方の手で撫でた。

「可愛いな」

ため息をついて呟き、雪人は今度は、春花のまつげにキスをした。

「あ……っ」

羽毛の先で触れられた程度の刺激なのに、なぜかひどく気持ちいい。

落ち着かなく身体を動かした春花の髪を撫でながら、雪人が優しい声で言った。

「可愛い。──昨日から、可愛いしか言ってないな。他にどんな言葉で褒めてほしい？」

「え……えっと……えっと……」

何を言っていいのか全くわからない。

必死に答えを考える春花の顔をそっと上向かせて、雪人が目を細めた。

その顔立ちの完璧な美しさに、春花は吸い込まれるように見入ってしまう。

「可愛い、でいいか。だって君は、本当に可愛いからな」

「なんで！　もうやめて、恥ずかしいっ！」

「何が恥ずかしいんだ」

「か、可愛いとか……言われるのが……っ」

顔が熱くて爆発しそうになる。顔を覆ったところで、春花の肩が、とん、と軽く押された。

思わずベッドに転がった春花の顔を、雪人が楽しげにのぞき込む。

彼のこんなに明るい顔は滅多にお目にかかれない。

驚く春花に、雪人がからかうような目を向けた。

「いや、可愛い。どこから見ても可愛いな」

そう言いながら、雪人が春花の身体をくるりとうつ伏せにした。

何を、と言いかけた瞬間、ブラウスの裾がめくられる。

キャミソールごとめくられたせいで、背中が露わになってしまった。

「何するの！」

驚く春花の言葉は、そこで途切れる。

むき出しにされた背中に、雪人の唇を感じた。

「な、なんで……そんなところに……キス……」

驚きのあまり、声が震える。

そんな春花に、雪人がからかうような口調で答えた。

「綺麗だからな、春花の背中」

春花の背骨をつっと撫でる、雪人の指先。

「やぁ……っ！」

「嫌なのか？」

笑い含みの声で尋ねられ、春花はうつ伏せになったまま首を振る。

嫌ではないけれど、何をされるのかわからなくて落ち着かない。そう答えようと思った刹那、穿いていたショートパンツがするりと下ろされた。

「きゃぁ！」

ショーツまで一緒に引きずり下ろされて、お尻が丸出しになっている。

春花は匍匐前進して、雪人から離れようとした。

だが、ベッドの上だ。あっさりつかまって、腰を引き戻される。

「お、お尻見ないで！」

我ながら子どものような文句だな、と思うが、それ以外に言葉が出てこない。

「なぜ見てはいけないんだ？」

心外だ、と言わんばかりの言葉に、春花は身体をねじって振り返った。

「え、な、何でって、はずか……」

言いかけた言葉が途切れる。

雪人の唇が、お尻に触れたからだ。

とんでもないところにキスされている、と思った瞬間、春花の全身の血が沸騰しそうになった。

「やだぁ……ッ！」

不自由な姿勢で一生懸命彼の肩を押す。

「だめ、そんなところキスしちゃ嫌……っ！」

しかし、彼の唇は離れない。ぷるぷる揺れる春花のお尻に執拗に食らいついて、諦めてくれないのだ。

「や、やだってば……だめ……っ」

春花の身体の奥が、言葉と裏腹に疼き始める。

音を立てて肌を吸われるたびに、昨夜散々貫かれた脚の間に、じんと甘いしびれが走る。

「あ……あぁ……っ」

春花の身体から、抗う力が失せていく。

投げ出された枕をぎゅっと掴み、春花はそこに顔を埋めた。

「だめ……だめなの……恥ずかしいから……お願い……」

途切れ途切れに頼むと、ようやくお尻から唇が離れた。ほっと息を吐く春花の背中に、雪人が覆い被さってくる。

「な、何して……あぁ……ッ！」

ブラウスの中に潜り込んだ雪人の手が、硬くなり始めた胸の先に触れた。

「い、いや……やめ……」

「なぜやめろなんて言うんだ？」

春花の耳元で囁きながら、雪人が小さな乳嘴を摘み上げる。

びりっという刺激と共に、春花の身体がビクンと震えた。

脚の間が疼いて仕方がない。

昨日あんなにいっぱいされたのに、またしてほしくなるなんて……

こんな欲望をもっているなんて、雪人に知られたら恥ずかしすぎる。

感じていることがバレる前に、こんな悪戯をやめてもらわなくては。

「あ……あ……もう許し……」

「許す？　何を？」

しかし、雪人の意地悪な手は、春花を弄ぶのをやめてはくれなかった。

きゅっとつねり上げられるたびに、声が漏れ、身体が揺れる。

その反応を楽しむかのように、彼は同じことを繰り返した。

「やぁ……っ……」

春花の呼吸も、熱に曇っていく。身体中が火照っているのも、きっと雪人にはお見通しだろう。

「ああん……っ、もう、指……っ」

雪人は春花の訴えを無視して、乳房をすくい上げるように掴んだ。

「大きいよな、意外と」

壊れ物を扱うように、乳房をたぷたぷと揺すられる。

同時に鋭敏になった乳嘴の先をそっと撫でられ、思わず春花はあえぎ声を漏らした。

「はん……っ……」

「いい声だ」

そう呟いた雪人の声には、紛れもない情欲がにじんでいた。

——また食べられちゃう……。

春花は反射的に、雪人の身体の下から逃れようとした。

その拍子に春花の胸を攻め立てていた手が、胸の下に回る。しっかりと抱きしめられ、どうやっても逃れられない。そして春花の身体が、ひょいと抱き起こされた。

雪人の膝の間に座り、彼の胸に背中で寄りかかるような姿勢になる。春花は戸惑って、雪人を振り返ろうとした。

だが、無防備にさらけ出された茂みに、雪人の指が伸びてくる。

「きゃ……ッ！」

小さく尖った淫芽を摘まれて、思わず嬌声を漏らした。

だが、脚を閉じようとしても、手で押しとどめられてしまう。

「もっと脚を開いてくれ」

雪人に囁かれ、春花は歯を食いしばって首を横に振る。

「いや……恥ずかしい……やめて……」

「こんなに濡れているのに、やめていいのか？」

その質問に、春花の肩がびくっと揺れた。

雪人に本音を見透かされている――

「だ、だって、本当に恥ずかし……っ……」

「俺はやめられないな、さあ、脚を開いて」

涙ぐむ春花の耳たぶに、雪人が軽く歯を立てた。それだけで身体の芯がきゅんと疼いてしまう。

「あ……あ……」

雪人に促されるままに、春花は大きく脚を開いた。

彼の手が再び脚の間に伸び、さらけ出された秘裂の縁をゆっくりとなぞる。

「……っ、あ……だめ……っ、汚れる……あぁんっ！」

「汚してみせてくれ」

雪人の指が、あふれ出した蜜をすくって、春花の淫芽に擦りつけた。

ぬるりという感触と同時に、蜜路に電流のような刺激が走る。

「や、あぁっ……！」

春花の蜜口がひくりと震え、蜜をこぼした。

耳に、はぁはぁという荒い呼吸が届く。これは、春花自身の呼吸だ。

気がつけば、涙が幾筋も流れて、熱い頬を濡らしている。

「可愛い反応だ。ここも俺の指をくわえ込もうとしてる、ほら、春花」

雪人の指が、蜜口の浅い場所をゆっくりとかき回した。

強い快感と同時に、くちゅりといういやらしい音が聞こえ、思わず腰を浮かす。

「ひぁ……っ」

もう、逆らうこともできない。

雪人の片腕にしっかりと抱き込まれ、ひたすら快楽を与えられるばかりだ。

シーツに伝い落ちた熱い雫が、じわじわと濡れたしみを広げていく。

「どこもかしこも敏感だな」

雪人がクスッと喉を鳴らした。

彼の指が、ぬぷりと音を立てて、秘裂に沈み込む。

「やっ……ああんっ！」

散々焦らされたあとの強い刺激に、春花は思わず身体をねじった。

「すごいな、絡みついてくる。信じられないくらい上手だよ、春花」

「じょ、上手って……っ……えっち……っ……」

春花はせめてもの抵抗に、秘部を弄ぶ雪人の手をはねのけようとした。

だが全く力が入らない。ただ、彼の手に、自分の手を重ねただけになってしまう。

雪人の指はますます深い場所に沈み、柔らかな襞の感触を楽しむように、ゆっくりと春花の中をさぐる。

彼の指が動くたびに、くちゅくちゅと淫らな水音が聞こえた。

浅ましい反応を恥じらうと同時に、春花の蜜路がきゅうと収縮する。

「あ……あぁ……っ……」

息を弾ませ、ひたすら快楽に耐える春花に、雪人が言った。

「春花、その服のボタンを自分で全部外して」

「っ、わかった、から……指、抜いて……っ」

「だめだよ」

雪人が春花の中を弄りながら、胸を抱えていたもう片方の手で、小さな陰核をくりくりと弄んだ。

「ひっ、やぁっ！」

雪人の指をくわえ込んだ隘路から、とろりと蜜があふれ出す。蜜襞がピクピクと蠢き、彼の指を強く締めつけてしまう。

「さ、脱いで……押さえていないから脱げるだろう」

「あ……あぁ……っ」

顎を伝って、雫がひとつ、ぽとりと落ちた。

それが汗なのか涙なのか、もう判然としない。

春花は震える指でブラウスのボタンを外すが、もどかしいほどに上手く脱げない。

そもそも、こんなふうにされているから頭の中が真っ白になるのだ。

耐えきれず、春花は強く首を振った。

「だ……だめ……そこ、触らない、でぇ……っ」

返事の代わりに、首筋にキスが落ちてくる。雪人の柔らかい髪と唇の感触に、春花の息がますます弾んだ。

ようやく最後のボタンを外し終え、ブラウスを脱いだ春花は、半泣きで告げる。

「ぬ、脱げた……から……」

「これも脱いで」

カップつきのキャミソールの肩紐をくわえられた瞬間、春花の下腹がずくんと疼いた。

「はぅ……っ……」

指を奥深くまでくわえ込んだまま、春花の中が収縮する。

開いた脚を震わせながら、春花はきゅっと目をつぶった。

――も、もうイッちゃっ……

力が入らず、腕が持ち上がらない。

「こ、これ、脱げない……」

か細い声で訴えると、それまで何を言っても不埒な行為をやめなかった雪人の指が、ずるりと抜けた。

たまらず、春花はうつ伏せに崩れ落ちる。

「じゃあ着たままましよう。それはそれで、妙にそそられる」

「え……？　なにを……」

倒れ伏したまま息を弾ませていた春花の耳に、ばさりと服を脱ぎ捨てる音が聞こえた。

同時に、何かをぴりっと開封する音も。

それが避妊具を開封した音だということは、すぐにわかった。

まだこの行為は終わらないのだと悟った瞬間、春花の両腰に手が掛かり、ぐいっと持ち上げられる。

「あ……！」

お尻を高く上げさせられた体勢に、春花は目を見開いた。

信じられない。こんな恥ずかしい格好をさせられて、明るい部屋で、全部見られてしまうなんて。

だがもう、指戯でとろけた身体では、抗うこともできなかった。

枕を抱きしめ、そこに顔を伏せて、春花は必死に羞恥に耐える。

「挿れても大丈夫か？」

雪人が焦らすように言って、ぽってり熱を帯びた陰核を指先で扱く。

たちまち、濡れそぼった秘裂から、蜜がじわりとあふれ出した。

「……っ……やぁ、っ……！」

強い刺激に、たまらずに春花は腰を揺らしてしまう。

「どこもかしこもいい反応だ。気持ちいいか？」

「い、いいに……決まって……っ……」

息が乱れて上手く喋れない。もう、春花がぐちゃぐちゃになっているのはわかっているくせに、雪人は意地悪をやめてくれない。

「ひくひくしている……すっかり覚えたんだな、可愛い身体だ」

雪人の指先が陰唇をなぞった。

「やぁ……っ……！」

恥ずかしいところを見せたくない、という意思とは裏腹に、物欲しげに下腹が波打った。

蜜口から、ぬるい雫が内股を伝って流れ落ちる。

「……大丈夫そうだな」

春花の腰を抱え直し、雪人が短く息をつく。

次の瞬間、待ちわびていた熱い昂りが、春花の身体を貫いた。

「んぅ……っ……」

はしたない嬌声を漏らしたくなくて、春花は思わず枕をかむ。

鋼のような硬度を帯びた肉杭に穿たれ、散々に焦らされた身体からは、さらなる蜜があふれ出した。

「な、なんで、こんなに硬いの、きょう……」

このような行為にまだ不慣れな春花には、身に余るほどの大きさだ。苦しいくらいに中を満たされて、不安すら感じてしまう。

「春花の反応がよすぎたから」

端的に答え、雪人が奥まで貫いていたそれをゆっくりと引き抜く。

春花の身体が、ぞわっと総毛立った。

ぎりぎり雁首まで引き抜いた雪人が、小さく笑う。

「すごいな。入れただけなのに、吸い込まれそうだった」

「そ、そんなこと、言わないで……やだぁ……」

春花のお腹の中がじんじんと熱くなってきた。

ここでやめないで、もっといっぱい動いてほしい。

だが、そんなこと、恥ずかしすぎて言えない。

春花の反応を見るように、雪人が浅い場所でストロークを繰り返す。

「どう?」

「……っ、いや……っ」

こんなふうに焦らさないでほしい。身体のどうしようもない疼きをどうにかしてほしいのだ。

でも、言えない……

春花は枕から顔を上げ、不器用に腰を動かした。だが、雪人に腰を掴まれていて、思うような場所に彼を導けない。

「何をしてほしい?」

わかっているくせに、雪人はそんなことを言う。

「あ……あぁ……もっと奥……っ」

「もっと奥に?」

雪人はやはり何もしてくれない。春花の中に入っているのに、ほんの少し動かしているだけだ。耐えがたい掻痒感に、春花はついに半泣きの声で懇願した。

「奥に……入れて……」

「いいよ」

優しい声が返ってくる。同時に、じゅぷりと生々しい音を立てて、春花の一番奥に彼熱い蜜がしたたり落ちた。

「春花、そんなに締めつけたら動きにくい」

からかうような口調で、雪人が緩やかな抽送を繰り返す。

彼自身が抜き差しされるたびに、つながり合っている部分から、どうしようもなく熱い蜜がしたたり落ちた。

「あ……あぁ……っ」

圧倒的な熱量に、両脚が震える。

もう、自分の力で腰を上げてはいないのかもしれない。雪人の手が離れたら、たちまち崩れ落ちてしまいそうだ。

そう思いながら、春花は快感に耐える。

「ふ……こんなに腰を揺らして」

雪人がそう言って、春花の腰の骨をつっと撫でた。

「やぁ……んっ、揺らして、ない……っ」

枕に顔を埋めたまま、春花はいやいやと首を振る。

だが、雪人の言う通りだ。

理性がもう、すり切れ掛けているのが自分でもわかる。

熱い塊に粘膜を擦られるたびに、淫らに身体を揺すって、意味のない甘ったるい声を上げてしまう。

「……本当に？」

雪人の声が、かすかに意地悪な響きを帯びる。その瞬間、春花のとろけきった最奥が、ぐりぐりと押し上げられた。

「んっ、やぁー……っ！」

逞しい肉杭を呑み込んだまま、春花の身体がぐちゅぐちゅとあられもない音を立てる。

あまりの快感に、目の前に星がちりそうだ。

「ひ、っ……だめ、おく……だめぇ……っ」

「こんなに俺を搾り取ろうとして、何がだめなんだ、春花……。君自身はとてもいい子なのに、身体はいやらしくて、悪い子すぎる」

雪人の語尾が苦しげにかすれた。

春花の腰を掴む力がさらに増す。同時に抽送が、今までの焦らすような動きから、圧倒的な欲をにじませた激しいものに変わった。

「あぁんっ！」

思わず、鋭い声が漏れる。攻め立てられた隘路がわななき、幾筋もの雫が内股を伝い落ちていく。

もう、恥ずかしさすら忘れてしまいそうだ。春花の下腹にくっと力が入り、無意識に彼の剛直を締めつける。

「……っ、もうやだぁ……きもちいぃ……っ」

泣き声で訴えたとき、蕩けきった蜜道がぎゅうっと収縮した。

「あ……あぁ……っ、だめ、イッちゃう……やぁ……」

痙攣に似た感覚が下半身に走る。淫らな泉をあふれさせながら、春花のつま先がびくびくと動いた。

「……本当に、上手で、小悪魔だな」

ため息を押し出すような声で、雪人が呟く。

同時に、陰茎が根元まで押し入れられる。

雪人の剛直のつけ根を覆う硬い茂みが、春花の身体に擦りつけられた。

「俺も限界だ、春花……」

荒い呼吸と共に、雪人が言う。

朦朧としている春花の中で、彼自身がとてつもない硬さを帯び、どくどくと脈動するのがわかった。

長い時間を掛けて吐精を終え、雪人がゆっくりと、肉杭を引き抜く。

激しすぎる快感にびくびくと身体を震わせながら、春花は目をつぶった。

身体中が重たくてたまらないのに、指の先まで満たされている。

――ああ、もうだめ……あんな声出しちゃって、あんな格好させられて……うう、私、たぶんお嫁に行けない……

そう思いながら、春花は自分に突っ込んだ。

――いや、もう、お嫁に来たんだった……

雪人にぎゅっと抱きつきたいと思ったが、全く力が入らない。

そのあたりで、春花の意識は途切れてしまった。

週が明け会社に出勤してからも、春花は何となくそわそわした気分のままだった。

――何だか落ち着かないなぁ……

激しすぎる旦那さまのことを思い出し、春花はちょっと身を縮める。

――へ、変なことはしないでって頼んだのに……っ！

激しく愛され、貫（つらぬ）かれたことを思い出すたびに、身体の奥がゾクッとする。抱かれていた時間のことが生々しく脳裏（のうり）によみがえるのだ。

――あ、あんなの、他の人たちもしているのかなぁ……って、聞けないよそんなこと！

今日の春花は、先週までの春花とは違う。とはいっても、そんなこと誰に気づかれるはずもないのだが。

とにかく自分が浮かれている自覚はある。春花は深呼吸し、意識を切り替えた。

朝イチでメールを確認した限り、先週金曜日に対応したシステム障害の件は無事に処理が進んでいるようだ。

夕方に出力されるデータが正しいかを確認して、無事なら今日は終了である。だが、十八時過ぎに処理が終わるので、確認はそれからだ。残業になるだろう。

――あー、今日も時間掛かりそう。

そう思いつつ、春花はスマートフォンを取り出し雪人へメッセージを送った。

『今日は遅くなりそうだから心配しないでください』

そこまで考えて、春花はハッと思いつく。

――お昼ごはん買いに行ったときに、ついでにおやつも買ってこなくちゃ。夜中までデータチェックになりそうだし、お腹空いて帰れなくなっちゃう！

集中すると時間を忘れる己（おのれ）の悪癖（あくへき）を思い出し、春花は昼十二時のアラームにメモを登録しておいた。

『夜用のおやつ購入』

そのとき、メールが来た。雪人からだ。過保護な彼からはいつもすぐに返事が来るのだが……内容を見て、春花は仰天した。

『俺は何もなければ家に早めに帰れるので、迎えに行く』

今まで、彼がこんなことを言い出したことなどなかった。春花は驚いて、慌てて返事を打ち込む。

『仕事で遅くなるんだよ？』

『終わる二十分前に電話しなさい』

——えぇ、何言ってるの……？

戸惑いつつ、春花は一応『わかった』と返事をした。黙って帰ってしまえばいい。どうせ走れば家まで二十分くらいだ。

「おはよう、渡辺さん。金曜のデータ、十八時から検証しようかと思うんだけど。ごめんね、残業大丈夫？」

どうやらミーティングに行っていたらしい青山が、ノートを手に笑顔で近づいてくる。今も、金曜日のトラブルの件で営業担当者と打ち合わせをしていたらしい。

——そっか。青山さんはリーダーだから、お客様に障害報告とかしなきゃいけないんだ……大変だな。しかも部下の私の労働時間とかも気にしなきゃいけないし。うーん、私ももし出世したら、青山さんみたいに忙しくなるんだろうな。私にできるかなぁ。

笑顔で青山に答えながら、春花はふと雪人のことを思った。

彼は、基本的に忙しい。

春花のように深夜残業が突発的に入る……というタイプの忙しさではないが、労働は過密そうだ。会食も頻繁（ひんぱん）だし、何かあったら即、国内外問わずどこへでも出かけてゆく。

一緒に暮らしている一年の間に、勤めている会社も変わった。

春花と出会ったときの都市開発関連の企業から、金融系の投資会社に移ったらしい。

今は、海外出張も多い。

雪人はあまり仕事の話はしないものの、どうやら将来、遊馬グループのトップに立つべく、色々な関連会社で経験を積んでいるらしいのだ。

——たまに会社の人と電話で話している内容も、私にはさっぱりわかんないし……。

難しい仕事をしてるんだろうな。

そう思いつつ、気づけば春花はじーっと青山の顔を見つめていた。

「ど、どうしたの？」

春花の視線に、青山がかすかに頬を赤らめる。

「あっ、すみません。何でもないです！　残業、大丈夫です」

不躾な視線を送ってしまったことに気づき、春花は慌てて笑みを浮かべた。

——気を抜くとすぐ雪人さんのこと考えちゃう……。

そう思いながら、ちらりと自分の左手の薬指に目を走らせた。

来週くらいには結婚指輪が届くのだ。

この会社で一番年下なため『末っ子』扱いされている春花が、突然結婚指輪を嵌めて会社に来たら——。同僚は皆、びっくりするに違いない。

——あ、総務の人に『来週くらいから旦那さんの姓で仕事したい』って連絡しなきゃ。

皆の反応を想像すると、ちょっとドキドキする。

だが、できちゃった婚というわけでもないし、仕事に悪影響はないとちゃんと説明すれば、同僚は納得してくれるだろう。

——ひとりぼっちじゃなくなったんだ、私……

春花は嬉しさをかみしめつつ、いつも通りに仕事に着手した。

しかし、やっぱり雪人のことが頭に浮かんで仕方がない。

雪人は『先生から預かった春花と、結婚してしまったことに気が咎める』と言っていた。春花はそれが気になるのだ。

——何であんなふうに思い込んじゃったんだろう？

こっそりため息をつく。

もし父が生きていたら『まだ若いのにお嫁に出したくなかった』とは言ったかもしれない。

でも春花が幸せならそれでいいと、ちゃんと祝福してくれたと思う。

——雪人さんに『知り合いから預かった子ども』とか思われないよう、私も出世してバリバリやれるようになろう！　いつか、会社の主任とか課長とかになれるように！

そう思った拍子に、ばっちり気合いが入った。

ニットの袖をめくり、仕事に集中し始める。

そして、夢中でキーボードを叩き、買ってきた食べ物を何も考えずに押し込んでいるうちに懸案のデータ検証は進み、気づけば夜になっていた。

重要な仕事がある日はいつもそうだ。

青山と営業担当者にメールを送り終え、春花は肩を揉みながら顔を上げる。

――あぁ、よかった……データ、オールクリアだ！　これで来月の処理も大丈夫！

時計を確認すると、もう二十二時五十分だ。

――ふう、お腹空いた。

引き出しに隠しておいた小袋入りのおせんべいをかじり、残っていたミネラルウォーターを飲み干す。

「渡辺さん、お疲れ」

青山が、春花の傍らに来て笑みを浮かべる。

「無事終わりましたね！」

山場を越えたので、つい力が入ってしまう。ガッツポーズをとると、青山が笑い出した。

「元気だなぁ」

それはよく言われる。今朝も朝五時から豆を煮ていたら、雪人に『毎朝無理に早起きしなくていい』と言われたばかりだ。先は長いのだから張り切りすぎるな、と。

「え……えへ……」

雪人のことを思い出すたびに、顔が緩んでしまう。

「明日もあるし、今日は終わりにしよう。駅まで一緒に帰らない？」

珍しく青山にそんなことを言われ、春花は素直に頷いた。

「はい！　今支度します！」

急いでデスク回りを片付け、愛用の黒いリュックをしょって立ち上がった。

青山もしゃれたトートバッグを提げて立ち上がる。

「渡辺さんて、いつもリュックだよね……」

不思議そうに言われて、春花は頷いた。

色気がないのは自覚しているが……高校のときにお年玉をはたいて買った高級なアウトドアブランドのリュックで、お気に入りなのだ。

丈夫で軽く、荷物がたくさん入るので手放せない。何より、リュックだと動きやすい。

「家まで走って帰ることが多いので、楽なんです。これだと」

「走って……えっ、近所に住んでるの？」

このあたりはオフィス街だし、物件も高級マンションばかりで、家賃は一般人が住むような額ではない。青山が驚くのも無理はなかった。

「そ、そうなんですよ……たまたま……」

「すごいなぁ。渡辺さんの親戚の人って、この辺に住んでたんだ。通勤が楽だね、いいなぁ。俺はこれから一時間かけて帰宅だよ」

そういえば、会社の仲がいい人たちとの飲み会で、家のことを聞かれたときに、『親はいなくて、親戚の家に住んでいる』と答えたのだ。

――本当は旦那さまなんだけど……

何となく青山と一対一で『結婚している』とは言いづらくて、春花は口をつぐんだ。

二人でエレベーターに乗り込むと、青山が言った。

「ねえ、土曜日、アプリゲームメーカーの展示会に行かない？　部長からフリーの入場券を三枚もらったんだけど。あとは岡田さんあたりを誘おうかと思って」

岡田さんというのは、三十半ばのエンジニアの男性だ。

いつもほぼ無言で、机の周りにぎっしりフィギュアを飾っている変わり者だが、とても正確なプログラミングをする。

本来ならば青山の代わりにリーダーになるべき年齢、立場なのだが『自分はマネージメントよりも開発に専念したい』と言い切り、その役を青山に譲ったのだという。

「岡田さん、そういうの好きそう！」

「渡辺さんはどうする？　結構スマートフォンのアプリゲームやってるんでしょ？」

青山の言う通りだ。雪人に苦笑されるくらい夢中でやっているときがある。

「行きたいんですけど、ちょっと週末の予定を確認しますね」

そう答えた瞬間、雪人のことを思い出して妙に照れくさくなった。これまでは『出かける』と言えば『遅くならないように』と言って送り出してくれたが……果たしてどうなるのだろう。

「わかった。もし行かないなら、別の人を誘うから早めに教えて」

青山の言葉に、春花は頷いた。

「今日確認します！」

エレベーターが一階についたとき、スマートフォンが鳴った。電話の着信音だ。

――ん？　誰だろう？

スマートフォンを取り出した春花は、飛び上がりそうになる。

――あ……！　雪人さんにメールするの忘れてた！

『迎えに来る』と言っていた雪人のことを思い出し、慌てて電話に出る。

「はい！　もしもし！」

『下で待ってるんだが、そろそろ下りてこないか。もう十一時近いが……』

「ええっ？　待ってるのっ？」

声が裏返りそうになった拍子に、怪訝(けげん)そうな青山の視線に気づき、春花は声を抑えた。

「大丈夫だよ、一人で帰るから！　何で急に迎えに来るの？　どうしたの？」

『別に。何となく来たかっただけだ』

しかも機嫌が悪い。春花が約束を破ったからだろう。雪人はそういう点には厳しいのだ。

『とにかく車で待ってるから早く来なさい』

――うっ……。

どうやって会社の人に結婚したことを報告しようかな、と思っていた矢先に、まさか旦那さん本人が突撃してくるとは。

「はぁい」

それだけ返事をして、春花はスマートフォンをパーカーのポケットに放り込んだ。

「親戚の人？　ごめん、遅くなったから心配してた？」

青山が尋ねてくる。

今のやり取りだと、そう思われても無理はないだろう。

深夜でフロアが静まりかえっているので、雪人の声もある程度響いたはずだ。男性の声だということくらいはわかったに違いない。

「大丈夫です！」

春花は笑顔で首を振った。まさか、会社の人に『遅くなると夫が心配するんです』なんて言えない。仕事は仕事だ。男の人と同じようにやり遂げる気持ちでいることをアピールしなければ。

春花は、青山と肩を並べて、夜間通用口を出た。とりあえず、地下鉄の入り口まで青山を送り、雪人を探そうと考える。

「ならよかった。あんまり残業したくないよね。最近、もうすこしチームのスケジュールを見直さなきゃって思ってるんだ。ところで来週のその展示会、あのゲームの会社の人も来るらしいよ」

青山の挙げた超有名アプリ開発会社の名前に、春花は目を丸くする。

「そうなんですか！　開発担当の人のお話も聞けるんでしょうか？」

もしかしたら、展示会で最新の技術の話を聞けるかも……と胸を弾ませたときだった。

「春花」

後ろからぽん、と肩を叩かれ、びっくりして振り返る。青山もつられたように振り返り、目を丸くした。

そこには雪人が立っていた。一度着替えたのか、リラックスした格好をしている。背後には彼の車が止まっていた。

青山が目を丸くしたまま、背後の車と雪人を見比べ、春花に不思議そうに尋ねる。

「お知り合い？」

「あ、あの」

やはり気恥ずかしくて、旦那さんです、と紹介していいのか迷ってしまう。

だが、春花の戸惑いなどお構いなしの様子で、雪人が低い声で言った。

「春花の夫です」

寝耳に水だ、と言わんばかりの表情になった青山に、春花は身体を固くする。

——ああっ、なんでいきなり言うの？　会社には秘密にしてるって教えたのに！

「あ、あれ？　結婚してたの？」

オロオロする春花に、青山が動揺した様子で尋ねてくる。

チームで一番年下で、入社して七ヶ月の春花が既婚者だと言われて、驚かないはずがない。

「あ……あの……実は……はい……」

「そ、そっか……そうなんだ」

絶句する青山の脇で、雪人が無表情のまま春花の手を引いた。

「帰ろう」

有無を言わせぬ力だった。春花は半ば引きずられるようになりながら青山を振り返る。

「すみません！　お先に失礼します！」

「わ、わかった。気をつけて、じゃあまた明日」

青山がちょっと引きつった笑顔で手を振ってくれる。

そのまま、春花は雪人の手で車に押し込まれてしまった。

——機嫌が悪いなぁ。なんで？　朝はニコニコしてたのに。

そう思いつつ、春花はあえて怖い顔を作って雪人に言った。

「まだ話の途中だったのに！　あの人、会社の先輩なんですけど！　それにいきなり結婚してること言わないでよ、びっくりされるから。社内の人たちにはメールでちゃんと報告しようと思ってたのに！」

だが雪人は答えずに、無表情のまま車のエンジンを掛けた。

「シートベルト」

不機嫌な口調で言われ、春花は慌ててシートベルトを着用する。

「雪人さんてば！　……ごめんね。メールの返事忘れてて。忙しくって……」

春花が何を言っても雪人は答えず、車を発進させた。追い抜いた青山に、春花は慌てて頭を下げる。

「あれは誰？」

ようやく口を開いたかと思えば、かなり詰問する口調だ。

「会社の先輩ですけど」

「仲いいんだな」

「うん」

春花は素直に頷いた。

青山は親切で、誰にでも優しい人気者だ。入社して一年目の春花のことも気に掛けてくれている。

そのまま、車内が無言になった。

やはり、かなり機嫌が悪いようだ。

「怒ってる？」

「別に。軽く何か食べよう。夕飯まだだろう」

恐る恐るそう尋ねても、雪人からはそっけない回答が返ってきただけだ。

怒っていないのなら、不機嫌な表情をやめてほしい。けれど、雪人の怒りがそれほどでもないとわかり、ちょっと安心した。

本気で怒っているなら、食事に連れて行ってくれたりはしないだろう。

「うん、食べたい」

春花はこくんと頷いた。

そのとき、ポケットの中でスマートフォンが震えた。

スマートフォンを取り出して確認すると、会社の同僚皆でやっているグループＳＮＳへのメッセージ着信だ。

送信者は、先ほど別れた青山だった。

『来週のゲームの展示会、渡辺さん行けるかな？　渡辺さんが聞きたがっていた、主任開発者のトークショーもあるみたいだよ』

青山のメッセージに胸がときめく。笑顔になり、春花は傍らの雪人に言った。

「ねえ、土曜日、私出かけてくる」

「どこに？」

ハンドルを握ったまま、雪人が低い声で言う。

やはり機嫌は直っていないようだ。

しかし、トークショーのことで頭がいっぱいになっていた春花は気にせず答えた。

「アプリゲームの展示会！　さっきの先輩と、あともう一人別の先輩と三人で行こうと思って」

「何のことかよくわからないけど、どうぞ」

認めてはくれたものの、不機嫌な声音だった。

「やっぱり今日怒ってる……？」

抗議を込めて呟くと、雪人は表情を変えずに言った。

「夕飯は、そこでいいか。駐車場があるからちょうどいい」

不機嫌の理由を説明してくれる気はないようだ。

春花は、悟られないようにため息をつく。

――雪人さんの頑固者！　私みたいに腹が立ったらパーッと怒ってくれればいいの

に！　もういい。家に帰ったら、どれだけあのゲーム技術がすごいかプレゼンしてやる。

運転中は危ないからやめておこう……

ちょっともやもやした気持ちを抱えつつ、春花は青山に、土曜日の展示会への参加を伝えるメッセージを入れた。

車はそのまま、目の前の駐車場に入る。

「もう遅いから食べ過ぎるなよ」

車を停めながら、雪人がどうでもいいお節介を焼いてくる。

――そんなこといちいち言わなくても大丈夫なのに……ほんと、過保護なお兄さんみたい。

心の中で膨れつつ、春花は車から降りて、雪人に手を引かれて歩き出す。

――ん？　手をつないでくれるということは怒ってない……？　でも怒ってるよね……？

本当に、今日の彼に対しては首をかしげたいことばかりだ。

だが、夕食のために雪人が連れて行ってくれたのは、超高級ホテルのラウンジだった。

不機嫌な割には、びっくりするほど素敵な場所に連れてきてくれた。

雪人の気持ちがいまいちわからなくて、春花は戸惑ってしまう。

「な、なんか、素敵なお店。デートしてる人たちが多いね……」

あかね色の光に浮かび上がる店内を見回し、春花は雪人に囁きかけた。

「俺たちもだ、一応」

表情はむすっとしているが、雪人はデートのつもりで連れてきてくれたらしい。それはとても嬉しいことなのに、肝心の雪人の表情がいまいち冴えない。春花にはそれが引っかかって仕方がない。

――もう、気難しいんだから。仕方ないじゃない、仕事で遅くなったんだし……

ちょっぴりむくれつつ、メニューを手に取る。どのメニューにも、横文字のおしゃれそうな食材が使われていた。美味しそうでワクワクしてくる。

「私、この、スペアリブのハチミツ焼き、トリュフバター風味のマッシュポテト添えっていうのが食べたい。あと、デザートは、バジルとレモンのソルベってやつと、オレンジジュース」

春花の元気な言葉に、ようやく雪人が口元をほころばせた。

「腹が減ってたんだな」

穏やかな笑みで春花を見つめていた雪人が、ふう、とため息をつく。切なげな表情に見えるのは、お店の照明のせいだろうか。

「どうしたの？」

首をかしげて尋ねると、雪人は我に返ったように姿勢を正した。

「いや、俺は、夜は軽めにしておこうと思って」

「なんか、今日元気ないね」

「別に……元気だよ」

しかし雪人は『元気だよ』という割に、食事の間、ぼんやりしたままだった。

食事を終えたあと少しくつろぎ、春花だけ軽くお酒を飲んで、二人は家に帰った。

時計を見ると、もう一時近い。

明日も忙しいので早く寝なければ、と思い、春花はさっそく家事に着手する。

「春花は本当に若いな……よくこんな時間に肉の塊が食える」

家中せかせか歩き回ってお風呂の準備や歯磨き、明日の朝ご飯の炊飯予約などをしている春花に、雪人が呆れたように言う。

「お昼、パンしか食べてなかったから」

元気に答えると、雪人が怖い顔になった。

「またそんな……ちゃんと食べなさい」

「大丈夫！」

いつものお説教が始まる前にそう答え、春花はお風呂へダッシュした。

——あ！　新しい化粧水を出さなきゃ。

洗面所で服を脱ぎかけていた春花は、慌てて部屋に戻ろうとした。

そこで、ばったりと雪人に出くわす。

「どうしたの？」

雪人の使うお風呂は、別の場所にあるメインのバスルームだ。それなのに、なぜここにいるのだろう。春花は首をかしげる。

だが、その瞬間、雪人に抱き寄せられた。

――え……？

さっきまで不機嫌だったのに、今度は一体、何だろう？

「一緒に入ろう」

「え？　う、うん」

反射的にそう返事をした直後、春花の心臓の鼓動が跳ね上がる。

――一緒にお風呂……っ？

真っ赤になった顔を上げて雪人を見るが、彼は真面目な表情だ。

冗談でも何でもなく、本気らしい。

「いやか？」

「えっ、い、いや、別にいやじゃない！」

そう答えると、額（ひたい）にキスが降ってきた。優しくて、綿菓子のように甘いキスに、さっきまでのちょっとした腹立ちも忘れて、たちまちふわふわした気持ちになる。

そのまま彼に連れられ、メインのバスルームへ向かった。

——雪人さんてば、機嫌いいの？　悪いの……？

彼の本心はわからないものの、今の状況はいやではない。

ものすごく恥ずかしいが、一緒にお風呂なんて、新婚さんらしくて嬉しい。

勇気を出して、背伸びをして雪人の顎のラインあたりにキスをしてみた。

——変だった……？

恐る恐る様子をうかがうと、雪人が形のいい目をわずかに見張っている。

驚いたようだ。

照れくさくなって、春花は雪人に背を向けた。そのまま覚悟を決めて服を脱ごうと手を掛ける。

「春花」

名を呼ばれ、春花は振り返った。

「先に入って待ってて」

雪人が身体をかがめ、もう一度春花にキスしてくれた。

突然こんなに優しくされて、単純な春花の胸はドキドキしっぱなしだ。

——もう機嫌直ったのかな？

そう思いつつ、春花は頷く。

雪人が洗面所から出て行ったあと、慌ててお風呂に飛び込んで身体と髪を洗い、タオルでくるくると髪をまとめて湯船に飛び込んだ。

——き、緊張して、のぼせそう……！

そこでハッと我に返り、春花はアメニティ置き場に並べていた小瓶から、白濁タイプの入浴剤をお風呂に垂らした。雪人は一度も使っていないようで、まるで減っていない。透明だと裸が見えてしまうので恥ずかしい。濃いめに入れて、肩まで隠れるように浸かる。

——雪人さんとお風呂……ジュースとか持ってきた方がよかったかな……？

春花は、お風呂でペットボトルの飲料などを飲みつつ、ゆっくりするのが割と好きなのだ。もしかしたら雪人も、お風呂で飲み物を飲むのが好きになるかもしれない。

——いや、飲み物なんかどうでもいいよね……ああ、落ち着かない……！

顎まで白い濁り湯に浸かりながら、春花はふーっと息を吐き出した。

入浴剤のお陰で、薔薇のいい香りがする。

ふと顔を上げると、お風呂の扉の磨りガラス越しに、大柄な姿が見えた。

「入るよ」

雪人がそう言って、腰にタオルを巻いて入ってくる。

なんとなく、彼が丸裸でなくてよかった、と思った拍子に春花はぎょっとなった。

──私！　タオル巻いてない！

さーっと青ざめてしまった。何を考えて素っ裸で入ってしまったのだろう。

──うっ……入浴剤を入れてよかったけど……出られない……！

恥ずかしい格好は散々見られたけれど、だからといって平然と彼の前で裸になれるか、と問われたら、無理だ。

まだまだ恥ずかしいし、それにお風呂の照明は明るすぎる。

広い浴槽の中で身体を縮めたまま、春花は身体を流している雪人をじっと見つめた。

──綺麗な人……

雪人は肌も綺麗だし無駄な肉も全くない。

だが、身体を重ねるときは、重く感じない。筋肉質な人は、相当重たいはずなのに。いったいどうやっているのだろう。腕立てのように自分の身体を支えているのだろうか。

──うぅ……緊張のあまりのぼせてきたなぁ……でも、雪人さん、本当に綺麗な身体……

雪人の見事に筋肉のついた腕にみとれながら、春花は尋ねた。

「ねえ、雪人さんって、私に乗ってるとき腕で支えてるの？」

身体を洗っていた雪人の動きがピタリと止まる。

聞いた直後に、余計なことを聞いたと後悔した。口は災いの元だ。

「ごめんね、何でもない。腕立て伏せみたいにしてるのかと思ったの……宙に浮いているわけないもんね」

そう言いながら、春花はくたりとバスタブの縁に頭を乗せた。

――私、アホなこと言ってる。多分パンクしたな……忙しかったもん、今日……そのうえ、一緒にお風呂……うう、限界を超えた……

どうしていつも突っ走って、突然限界が来てぱったり倒れてしまうのだろうか。

父にも『春花はちょっと落ち着きなさい』と言われていたのに。

「春花、どうした」

「なんか、さっきから目が回る……」

雪人とお風呂に入るのに興奮して、のぼせて立ち上がれなくなったようだ。

正直に答えた瞬間、両脇の下を手で支えられ、身体がひょいと持ち上げられた。

「危ない、そんなときに長々と湯船に浸かるな！」

低い声で叱責され、ごめんなさい、と言いながら雪人の身体に縋りつく。

そこで、大変なことに気づいた。素っ裸なのだ。

「う……うう……」

恥ずかしくて涙が出てきた。ふらふらの脚でなんとか立ちながら、春花は顔を覆う。

「どうした、気分が悪いのか。ほら、頑張って風呂から出て……歩けるか？」

雪人にバスローブを着せられ、部屋まで子どものようにおんぶで運んでもらう。春花は、よれよれとベッドに転がった。

情けないというレベルではない。入浴前からやり直したい……できればタオルを巻くところから、と思いつつ、唇をかみしめる。

——新婚早々……私のばかっ！　大人っぽい奥様をめざしてるのに恥ずかしい失敗ばっかり！

春花はベッドにうつ伏せになったまま、しばらくどっぷりと落ち込み続けた。

どこかに行っていた雪人が、ドライヤーと冷やした水を持って戻ってくる。

「春花、頑張って起きて、これを飲んで」

ぐちゃぐちゃに着崩れたバスローブの前を押さえてゆっくり起き上がり、水を受けとった。濡れて半乾きの頭がボサボサで、獅子舞（ししまい）のようになっている。

——もうやだ。私の馬鹿。さすがの雪人さんも呆れて絶句だよ、こんなの……

この世の終わりのような顔で水を飲む春花をよそに、雪人がドライヤーのプラグを、延長コードのタップに差し込む。

「乾かそう。風邪を引くから」

なんと雪人は、間抜けな妻の髪を乾かしてくれるらしい。

情けなさでいっぱいだった心に、感激の光が差し込む。

——や、優しい……

しみじみした気分で水を飲んでいたら、すぐに気分がよくなってきた。

もともと身体が丈夫なので、回復力だけは誰にも負けない自信はある。

「明日は朝ご飯はいらないから、ゆっくり寝ていていい」

春花の髪を丁寧に指で梳きながら、雪人が言う。

こくりと頷くと、雪人が穏やかな口調で続けた。

「俺は、正直言うとかなり浮かれてる。君と一緒になれて嬉しいんだ」

突然の甘い言葉が、春花のクラクラしている頭を直撃した。

「……なっ、えっ、あの……私も……浮かれてるかも……」

もごもご言いつつも正直にそう返答すると、雪人が笑った。

「ならよかった。好きだよ、春花」

のぼせが復活してきたのだが、どうすればいいのだろう。

春花は手にしていた冷たいグラスをおでこに当てつつ、ばくばく言っている心臓をなだめる。

「わ、私も……大好き。すごく、すごく好き！」

正直に答えると、顔が燃えるように熱くなってしまう。こんなにのぼせまくって、脳みそは大丈夫だろうか。頭の片隅で、そんなことを思った。

「……それはよかった。でも、いきなり会社の近くに迎えに行くなんてどうかしてるな……風呂も突然一緒に入ろうなんて、びっくりしただろう。ごめん。本当に浮かれてるんだ」

「雪人さん、いつも無表情だから浮かれてるように見えないね」

春花の素直な感想に、雪人が小さく噴き出す。

「そうかな。とにかく悪かった。会社の人に勝手に名乗ったことも、ごめん。春花にも色々と計画があっただろうに」

「ううん。もういい。恥ずかしかっただけだし……」

謝ってもらう必要はないのだ。

迎えに来てくれたとき『結婚していることを言わないで』と強い口調で言ってしまったのも、お風呂でひっくり返ったのも、恥ずかしかったからであって、雪人が嫌だからでは断じてない。

「本当は毎日だって迎えに行きたい。今までだって、行きたかった。夜道を歩かせたくないんだ」

続いた雪人の言葉に、春花の目がまん丸になる。

「えっ？　迎えなんて、来なくていいよ。私、足が速いから大丈夫だよ？」

「なんの話だ」

　言っていることの意味がわからない様子の雪人に、春花は安心してもらおうと懸命にまくし立てる。

「変質者とか、いつも振り切ってコンビニに逃げてるし。ていうか、このマンションって駅に直結だから、最近は変な人にもほとんど会わないよ。心配しないで」

　のぼせた頭に自分の声が響いてクラクラしたが、言わずにいられなかった。

　春花はもう自分のことは自分でできるし、送迎が必要なほどお子様ではない。

　しかし、雪人はそうは受け取らなかったようだ。

「変質者に会ったのか？」

　静かだった雪人の声が、鋭く尖る。同時に、ドライヤーが止まった。

「春花、俺は聞いてないぞ。いつだ」

「え、いつって……何度か……地下鉄にもいるし、会社から歩いて帰るときとか、あとをつけてくるキモい人たまにいるし。でもにらんだり全力で逃げたりすれば、深くは追っかけてこないよ。っていうか私に限らず、女の子は皆そういう経験していると思う。それと、電車の痴漢は、私が気が強そうだから、あんまり触ってこない。だから大丈夫」

　それに、いつもデニムにリュック姿で、髪の色も生まれつき明るい春花は『大人しい女の子』とみなされないので、あまり変なやつが近寄ってこないのだ。

しかし雪人の表情がものすごく怖いので、春花の得意げな気持ちはしぼんでしまった。

「なんで俺に言わないんだ」

雪人の顔は怖いままだ。春花は身体を縮めながら答える。

「大丈夫だからだよ。この辺は朝まで営業してるカフェとか多いし、車や人通りも途切れないから別に危なくないし」

「……今度から、電車がなくなったら、タクシーで帰るか俺に電話しなさい」

それだけは絶対に譲らない、と言わんばかりの厳しい声だった。

だが、春花にも言い分がある。ずっと机の前に座って仕事をしているので、帰り道くらいはたくさん歩きたいのだ。

「平気。走って二十分くらいだから」

「だめだ。安全なところにいてくれないと、俺が落ち着かない」

「……なんの話？」

きょとんとなって、春花は顔を上げた。雪人は深刻そうな顔をしている。

「まさか、保護者だから、私の送り迎えもしようと思ってる？」

思わず聞くと、雪人が珍しく頬を赤くした。

「……違う。俺は……惚れた相手に過保護になってしまうんだ」

雪人が照れ隠しのようにドライヤーのスイッチを入れた。

春花は再び雪人に背を向け、彼の返事を反芻する。

彼は今、惚れた相手、と言ってくれた。

遠回しだけれどはっきりとした愛の言葉に、春花の胸が弾む。雪人は保護者ではなく、旦那さま、なのだ。

しばらくして雪人がドライヤーを止めた。春花は火照った顔で彼を振り返る。

「ありがとう、髪の毛を乾かしてくれて」

小声でお礼を言うと、雪人がドライヤーとタオルを手に立ち上がった。

「先に寝てなさい。風呂を片付けて歯を磨いてくる」

春花の髪を優しく撫でながら、雪人が小さな声で囁く。

素直にベッドに潜り込み、布団を被せてもらった瞬間、どっと睡魔が襲ってきた。

——雪人さんは、髪の毛を乾かしてくれるのが上手な……私の、旦那さま。

甘い幸せがこみ上げてくる。雪人の優しい手の感触を思い出しながら、春花はすやすやと眠りについた。


翌朝。

お風呂でひっくり返った割には元気に目覚めた春花は、青山との別れぎわの『事件』

をちょっと気にしつつ出社した。

どうやら彼は、出社しているものの席を外しているらしい。

――さて、仕事、仕事！

気持ちを切りかえ、春花は作業に着手した。まずはメールチェックだ。

一番先に確認するのは『トラブル監視通知』と名前をつけた振り分けフォルダだ。ここには、特に危険な通知は来ていない。

――昨日の処理は全件成功……うん、処理件数も問題なし。

ほっとしたところで、総務部からメールが来ていることに気づく。

『新任社外取締役、CTO着任のお知らせ』

そのタイトルに首をかしげ、ネットで『CTO』の意味を調べた。

どうやら、企業における技術の最高責任者らしい。

――すごい人が来るのかな……？

普段であれば、確認を後回しにするようなお知らせだったが、春花は何となく興味を引かれて続きに目を通した。

新しい役員の名前は『岩川美砂』。女性らしい。着任日は今日だ。

――美砂……？　みさ、みすな？　なんて読むんだろう？

確か、雪人の元婚約者は『みさ』と呼ばれていた。漢字はわからないが、『みさ』と読むなら同じ名前だ。

そう思いつつ春花は、重要な業務メールの確認を再開する。

――あっ、新しいシステム修正依頼が来てる。

リリースされたシステムを使った顧客から、機能追加要望が上がってきたようだ。

春花は腰を浮かせて、パーティション越しに青山の姿を探す。

まずは、リーダーの彼がどう判断したかを確認しなければ。

だが、青山は席を外しているようだ。

そのとき、会社の入り口あたりががやがやと騒がしくなり、男性陣が机を運んできた。

春花の会社は、ちょっとした什器の移動などは社員が済ませることも多い。今回は、どうやらCTO用の机を運んできたらしい。

「すみませんね。机が壊れてたので交換を頼んでいて。それで遅くなっちゃって」

人事部長の明るい声と共に、しっとりした女性の声が聞こえる。

「いえ、私の方こそ申し訳ありません。皆様に机を運んでいただいて……」

申し訳なさそうな口調だが、びっくりするくらい綺麗な声だった。女子アナのようによく通る、知的な声。しかもとても若々しい。

――あれっ？　役員さんってまだ若いんだ！

春花は好奇心に駆られて首を伸ばし、まだ扉の向こうにいる声の主の姿を探した。

そして、思わず顔をパーティションの陰に引っ込める。

――う、嘘……

そこには、忘れようもない美しい顔をした人物がいた。

雪人に指輪を買ってもらったお店でばったり出会った『雪人の元婚約者』の、『みさ』。

――これ……どういう偶然……？

すーっと血の気が引くような気がした。

そこに、机を運び終えた青山がやってきた。

「皆、今から新しい上司とミーティングするから、会議室Bに集まってくれる？」

春花を含めたチーム員たちにそう指示をし、彼は自分の机に戻って筆記具の準備を始める。

――みさ……『美砂』……あの人が上司になるの？

春花は混乱しながらも、慌ててノートとシャープペンシルを取り出した。

「議事録取りますか？」

「ううん、今日は岩川さんとの顔合わせだけだからいらないよ」

春花の問いに、青山が明るい笑顔で言う。彼に変わった様子はなくて、春花は内心ほっとした。

「はーい皆、会議室行って！」

青山の指示で、チームのメンバーたちが立ち上がる。

春花はちらりと振り返り、近くの人と談笑している美砂の顔を見つめた。

頭のてっぺんからつま先まで、驚くほどに綺麗だ。

隙がないのに女性らしくて、言葉にするなら『エレガント』という表現がふさわしい。全く老け込んだところはなく、若々しいのもすごい。

——二十七歳……くらいかなぁ……？

そんなに若いのに役員待遇で入社してくるなんて。

春花はなんとも言えない気持ちで、ノートをぎゅっと抱きしめる。

宝石店で、怖い顔で雪人をにらみつけていた美砂の顔を思い出した。

春花は、もう一度そっと振り返る。

今の美砂からは、あんな感情むき出しの様子は想像できない。知的で冷静で、上品な女性にしか見えない。

——どうしてうちの会社に来たんだろう？　偶然……だよね？

恐る恐る、春花は会議室の端っこの席に座った。春花とは遠い席に、青山と美砂が腰を下ろす。

「じゃあ、朝のミーティング始めます」

青山が慣れた口調で告げた。

「皆、総務から来たメール見た？　うちに非常勤のCTOとしてきてくださった岩川さんを紹介するね。あのさ、俺経歴を聞いて『えーっ！』って思ったから」

言いながら立ち上がった青山が、ホワイトボードに名前を大きく書く。

『岩川　美砂』と書いたボードを示しながら、青山が、美砂に尋ねた。

「この字でいいんですよね？」

「はい、合っています」

微笑んで答えた美砂の表情は、とても親しみやすくて、おまけに超がつくほど綺麗だ。

彼女の『怖い顔』を見たことがある春花ですら、みとれてしまいそうになる。

「自己紹介しますね」

美砂がそう言って立ち上がった。

「初めまして、岩川です。若作りしているから歳は聞かないでね。それなりの歳です」

その言葉に、チームの皆が緊張を解いたように笑った。初対面から皆の心を掴んだようだ。

――頭、よさそう……

机の下できゅっと手を握る。優しそうな美砂が、ちょっと怖いのだ。

――岩川さん、私の顔……覚えてるかな？　覚えてないかな……？

なるべく美砂の注意を引かないよう気配を殺しつつ、春花は彼女の言葉に耳を傾ける。

「この一年ほどは、友人の誘いでアメリカのIT系企業で働いていました。ここ知ってるかしら」

美砂が持ち上げたのは、アメリカの超有名企業のロゴが入ったクリアファイルだった。

「すげえ」

チームの一人が、驚いたように声を漏らす。

「ここで私は複数プロジェクトの進行管理の仕事をしていました。開発を専門にやってきたわけではありませんが、それなりに皆さんの話もわかると思います。これからは、私が色々と新規の企画をこちらの会社に持ち込む予定です。そこで皆さんには、実装方法の検討や相談に乗っていただこうと考えているの。どんどん勉強して案を出してね……それから」

美砂がニッコリ笑って、春花の方を見た。

「とても若い女の子がいると社長から伺ったのだけど、貴方かしら？　渡辺さん？」

「は、はい！」

「貴方には、今のお仕事にプラスして、一件お願いしたいことがあるの」

春花は、握っていた拳に、さらに力を込めた。一体何を言われるのだろう。

「大手のヘルスケア企業の新製品の、連動アプリの開発です。これを若い女の子が開発した、というキャッチフレーズで売り出したいの。部長には事前に調整済みなのだけど、どう？　今渡辺さんがやっている業務を調整して、こちらも引き受けてもらうことは可能かしら」

何か裏があるのだろうか。

だが、非常勤役員の指示だ。ここは会社なのだから、断れるはずがない。

春花は勇気を振り絞り、小さく頷いた。

「わかりました」

「じゃああとで、青山さんと渡辺さんにメールするわね。それから……」

美砂はサバサバした口調でそう言って、長い艶やかな髪を耳にかけた。

非常に知的でビジネスライクな態度だ。春花に対する悪意があるようには見えない。

──私のこと……気づいてないのかな……？

春花はそっと力を抜いて、美砂の様子を再びうかがった。

ミーティングの間、彼女がおかしな言動を取ることは、一度もなかった。

第六章

美砂がやってきた週が、終わった。

非常勤の美砂は、週二回しか会社に来ず、他の日は別の会社の役員として活動しているらしい。とても忙しそうだ。

彼女が春花に何かしてくることは、一度もなかった。

もしかしたら、春花が雪人の妻であることに気づいていないのかもしれない。

──岩川さん、本当に仕事で赴任してきた……んだよね？　それなら、雪人さんには何も言わなくて平気だよね。余計なことを言ったら、変に心配しそうだし！

そう思いつつ、春花は胸に抱いた紙袋を抱きしめた。

今日は、待ちに待った、スマートフォンのアプリケーションの展示会だったのだ。

紙袋の中には、ゲーム開発会社のパンフレットや、ブース来訪者へのお土産(みやげ)品などが大量に詰め込まれている。

展示会は大充実で、最先端の技術に携わるエンジニアのトークショーも楽しかった。

戦利品を抱え、春花はうきうきした足取りで、青山と、先輩社員の三人で駅に向かう。

駅で、家が別方向の一人と別れ、春花は青山と二人で電車に乗り込んだ。

「今日、楽しかったですね！」

春花の言葉に、青山が笑顔で頷く。だがすぐに笑みを消し、真剣な顔で春花に尋ねてきた。

「あのさ……渡辺さんの旦那さんって、何してる人？」

その深刻なトーンに驚く。

「あ、あの、普通の会社員ですよ」

ちょっと特殊な立場にいるが、雪人は一応会社勤めをしている人で、春花とは共働きの夫婦だ。

「ごめん。社長から、渡辺さんはご両親がいないって聞いてたから、おかしな人に無理矢理つかまってるのかな……とか、変な想像しちゃって」

青山の言葉に、春花は首をかしげた。変な想像とはなんだろう。

「あんな高級車に乗ってるなんて、一般人とは思えなくて。もしかしてヤクザが、渡辺さん脅して無理矢理連れ込んだのかなとか思っちゃってさ。見た目も俳優みたいで、普通の人に思えなかったし」

「え、えっと……確かに……」

反論すべきなのだが、反論を思いつかない。雪人の立場は特殊なので、彼のプライベートを喋るのははばかられるのだ。

考えたすえ、春花はぎこちなく答えた。

「旦那さ……じゃなくって、えっと、主人は十二歳年上なんですけど、亡くなった父のお友達なんです。困ってるときに、私のこと引き取ってくれて」

「まさか、生活の保障と引き替えに、結婚を強いられたとか？」

青山の声が鋭くて、春花は驚いてしまう。

いったいどうしたのだろう。

「強いられたって……あの……」

「だって相当年上でしょ？　あの人が、ご両親がいない女の子に変なことしたんじゃないかって、まず心配になるよ。この前だって旦那さんがすごい怖い顔してて、びっくりした」

「ごめんなさい、旦那さ……あの、主人はちょっと神経質で」

答える言葉が力なくとぎれた。

春花の脳裏に、雪人の言葉がよぎる。彼は春花を『無理矢理奪った』というようなことを言っていた。

春花にとって雪人は大好きな旦那さまだが、世間から見れば、十二歳の年齢差は不釣り合いに見えるのかもしれない。

青山が嫌がらせで言っているわけじゃないのはわかる。彼はただ、心配してくれているのだ。実際は、心配するようなことなんてなにもないのに……

肩を落とす春花の前で、青山が我に返ったように口調を和らげた。

「あ、ごめん。言い過ぎた。ちょっと信じられなくて。俺……渡辺さんのことを親戚の家から通っている、普通の頑張る女の子だと思ってたから……」

春花は首を振った。

「いいえ。あの、でも、旦那さんは変な人じゃないです。結婚もわけがあって最近正式にしたので……だから会社で言ってなくて……」

春花の声が曇ったのを、青山は敏感に感じ取ったようだ。

「そうか。ほんとにごめん。俺が踏み込んでいいことじゃなかったね」

青山の言葉に、春花は首を振った。

心配してもらえるのはありがたい。春花は、自分のことを踏み込んで心配してくれる人なんか滅多にいないことを、よく知っている。

「気にかけていただけて、ありがたいです。私の方こそ黙っていてごめんなさい」

春花は、困った顔をしている青山に笑いかけた。

「あのとき、主人は、私が遅くまで連絡しなかったから怒っていただけなんです」

「そ、そっか……ならいいんだ」

沈んだ声で呟いた青山が、慌てたように笑みを浮かべた。

「あ、そうだ、俺この次の駅でちょっと買い物して帰る」

突然言い出した青山に、春花は頷いた。

電車がホームに滑り込み、停止する。扉が開くと同時に青山は電車から降りた。そして何かを思い出したように春花を振り返る。

「変なこと言ってごめん。じゃあ、お疲れさま」

青山はそのまま、人混みに紛れてしまった。

閉まった電車の扉を見つめたまま、春花はぼんやりとため息をつく。

――そっか、雪人さんが私を無理矢理お嫁さんにしたように見えたのか……。私が幼い感じだからかな。やっぱりそうなのかな。……不釣り合いに見えるとか、なのかな。

青山の剣幕には驚いたが、無理もないのかもしれない。そのまましばらく電車に揺られ、地下鉄に乗り換えて、春花は自宅の最寄り駅についた。

まだ十五時過ぎだ。一度荷物を置いて、夕飯の買い出しにいこう。そう思いながら春花は自宅の玄関の扉を開ける。

「ただいま」

「おかえり」

リビングから、雪人の返事が返ってきた。おかえり、の声が聞こえるだけで、無条件に嬉しくなる。

「雪人さん！　今日いろんなお土産（みやげ）もらったの」

春花はリビングへダッシュし、抱えてきた紙袋の中身を雪人の前に広げる。

「ほら見て！　こっちがお土産（みやげ）で、こっちが買った技術書！」

「これ、うちの関連会社だな」

一冊のパンフレットを手に、雪人が言う。彼はどうやら本の裏に書かれた、会社説明を読んでいるようだ。

「結構しゃれたパンフを作ってるんだな」

そんなことを言う雪人の腕に、春花はぎゅっとしがみついた。

「ここ、いま一番大きなゲーム開発会社だけど……何でそんなすごい会社を知ってるの？」

「知っているというか、確か去年あたり、子会社の一つがここを買収したんだ」

春花は仰天した。

毎日夢中でやっているゲームの、原作・運営を手がける会社と、雪人が関係あるとは。

「こんなすごい会社も買えちゃうんだね……雪人さんのところって……」

呟くと同時に、ふと、青山の心配そうな表情を思い出した。

——釣り合ってない……っていうのは、こういうことなのかな。

春花は雪人の顔を見上げ、真剣に尋ねた。

「私、雪人さんに釣り合ってないのかな？」

春花の言葉が唐突だったらしく、雪人が驚いた顔をする。

「なんだ、突然」

「歳も離れてるし……私、凡人だし。だから釣り合ってないかな、と思って」

言いながら、どうしても青山のさっきの言葉がちらついてしまう。

「急にどうした？」

暗い声の春花に、雪人はまじめな顔になる。

肩に大きな手が回り、春花の身体を優しく抱き寄せた。

「俺の部屋に乗り込んで、結婚してほしいって大騒ぎしたくせに、気が変わったのか？」

春花は慌てて首を振る。

「違うよ！　そんなことない！」

「じゃあなぜ、今更釣り合いなんて気にするんだ。そんなものは比べても仕方がないだろう。そもそも俺と君は根本的に全く違うタイプだし」

「え、えっと……それは……会社の人に釣り合ってないって言われて……」

正直に答えたあと、余計なことを言ったかな、と思った。

「この前、迎えに行ったときに二人で歩いていた彼か」

妙に、雪人の声が怖い。

「うん……」

とたんに口が重くなった春花の顔を、雪人がひょいとのぞき込む。

「あ、でも、やっぱりなんでもない。青山さん、心配してくれただけだから」

顔を背けたが、顎を摘まれて雪人と向き合う形にされてしまう。

「何を言われたんだ」

静かに問われて、春花は雪人の切れ長の目をのぞき込んだ。

そして、しゅんとなる。

――ううっ、また何か機嫌が悪い？　なぜ？

元気がなくなった春花をそっと抱き寄せ、雪人が低い声で言う。

「どうした。耳が垂れた子猫みたいになって。……君は落ち込んでいても可愛いな」

妙なことを言われて、じわじわ恥ずかしくなる。それをごまかすように、春花はちょっと拗ねた口調で答えた。

「雪人さんがご機嫌斜めだから。どうして？　私、何かした？」

小さい声で答えると、雪人が短い笑い声を立てた。

「……不機嫌にもなるさ。可愛い嫁が、会社の男前にろくでもないことを吹き込まれて帰ってきたと知れば。妬くなという方が無理だ」

あまりの言葉に、春花の口がポカンと開いてしまった。

――や、やきもちっ？

最近、雪人が垣間見せる不機嫌の理由がようやく春花にも理解できた。同時に、雪人が青山について勘違いしていることに気づく。誤解を解こうと、春花は慌てて口を開いた。

「ろくでもないことじゃないよ！　青山さんは、旦那さんはかなり歳が離れたお金持ちっぽいけど、大丈夫？　って心配してくれただけ！　私に両親がいないこと知ってるから、怪しい人と無理矢理結婚させられたんじゃないかって、気にかけてくれ……ん、うっ……」

唇をキスで塞がれて、春花の言葉がとぎれる。

雪人の舌先が、春花の唇をゆっくりとなぞった。

その動きだけで、足の指がぴくっと動いてしまう。

たちまち息が熱を帯び、春花は思わず、雪人の服の袖を握りしめた。

「何……っ、あ、ふ……っ」

唇を離しても、執拗にキスが追ってくる。

気づけば春花は、たくましい腕の中に閉じこめられて、ひたすらキスの嵐に翻弄されていた。

反論しようと唇を離しても、何度も何度も唇を奪い返される。激しくて執拗で、どこまでも甘いキスに、だんだんと逆らう気力が失せてきた。

春花は力を抜き、お返しに雪人の唇をそっと舐める。

その動きに呼応するように、雪人のキスが激しくなった。

舌先が口腔をゆっくりと探り当てる。春花はその舌先を、軽く舐め返す。

雪人が唇を離し、春花に囁きかけた。

「面白くない。今すぐ忘れろ、そんな話。はっきり言わせてもらうが、妬(や)けるんだ、他の男の話を春花の口から聞くと」

雪人が、傍(かたわ)らの春花に悪戯(いたずら)っぽく囁(ささや)く。

同時に、スカートの中に雪人の手が忍び込んできた。むき出しの素肌を指先でなぞられ、春花の身体の芯が甘く震える。

再びキスされて、春花の腰が砕けそうになった。

幾度も教え込まれた甘い快楽が、鮮(あざ)やかによみがえる。

「そうだ、脱がせてくれないか？　全部じゃなくていい、俺のベルトを外して……」

誘惑の蜜を纏(まと)った声に、春花はごくりと息を呑む。触れられているだけで、今すぐにでも頷いてしまいそうだ。

苦しいくらいに高鳴る心臓をなだめながら、春花は小声で尋ね返した。

「こ、ここで……？」

「ああ」

あっさり肯定されたが、先ほどのキスでさんざん煽(あお)られたせいで、抗(あらが)う気持ちになれない。

春花は素直に、震える手を彼のベルトに掛けた。

服の下に熱を帯びた剛直の気配を感じ、身体に緊張が走る。バックルの金具を外して、春花は彼を見上げた。

「こう？」

尋ねると、雪人が春花の腰に手を回して、低い声で囁いた。

「次は、ゴムをつけて、俺の上に乗ってくれ」

一瞬何を言われたのかわからず、頭の中が真っ白になる。しばらくして意味を理解すると同時に、春花の頭にカッと血がのぼった。

「なっ……なっ……」

首を振ろうとしたが、雪人にじっと見据えられて、なぜだか断れない気分になる。

雪人が、足下に置かれたバッグから避妊具のパッケージを取り出し、春花に手渡す。

「なんで持ってるの……？」

「足りなくなったから買ってきたんだ。これをここに被せてくれるか」

そう言われて、恥ずかしくなった。確かにこのところ、雪人と毎晩身体を重ねている。毎夜毎夜、刻み込まれるようにひたすら愛されて、身体中、雪人が触れていない場所などなくなってしまった気さえする。

春花の腰から手を離した雪人が、ズボンの前をくつろげて、昂る剛直を引きずり出した。

羞恥に頬を染めながら、春花はぎこちない手つきで、大きな肉杭に触れる。

長い時間を掛けて恐る恐るゴムを被せ終わると、雪人の手がスカートの中に滑り込んだ。

「今日は長い靴下を履いているんだろう？　じゃあ、下着だけ脱いで。そうしてみたい」

「このまま……？」

少しだけ抗議の色をみせたものの、雪人に当然のように頷かれて、逆らえなかった。

春花はきゅっと唇をかみ、脚からショーツを抜き取って床に落とす。

「俺の上に乗って」

その言葉に誘われ、ソファに腰掛けた雪人の膝の上を、またぐような体勢になる。

雪人は、膝丈のスカートの裾に手を入れ、春花の両腰を支えて言った。

「君の中に入れてくれ」

「……っ、わかった……」

震える膝に力を込め、雪人の肩に掴まったまま、春花はそっと腰を下ろす。

蜜口に切っ先が触れた。緊張でこくりと息を呑み、ゆっくりと腰を沈める。

ほんのりと蜜を湛え始めていたその場所が、雪人の楔で強く擦られた。

いつもと違う角度だ。春花は戸惑って、途中で動きを止める。

「大丈夫だ、俺は痛くないから」

その言葉に頷き、春花が腰を落とそうとしたとき、雪人の手がぱっと離れた。

「あっ……やぁ……っ！」

彼の手の支えを失った身体の重みは、震える膝だけでは受け止められなかった。

お尻が沈み、春花の身体は、雪人の肉杭をずぶずぶとつけ根まで呑み込んでしまう。

「あぁ……っ……硬い……っ」

思わず腰を浮かせようとしたが、先ほど離れた雪人の手に、再び腰を掴まれてしまう。

「痛いか？」

春花は涙ぐんで首を振った。いつもと感じ方が違うだけで、痛くはない。だが……服を着たままこんな真似をするのが恥ずかしいのだ。

「そうか、ならいい。こういうふうにしてみたらどうだ？」

余裕の笑みを浮かべた雪人が、春花の腰を掴んだまま前後に揺する。

敏感な小さな芽が彼の恥骨にあたり、一瞬頭がくらっとなった。

「どうだ？　苦しい？　それとも……」

ぐりぐりとその部分を擦り合わせながら、雪人が言う。

彼はもう、春花の気持ちいいところを全て知り尽くしているようだ。

されるがままに身体を揺すられ、春花は突き上げてくる強い刺激に耐えた。

彼をくわえ込んだ蜜路が、動きのたびにくちゅくちゅと小さな音を立てる。

お腹の奥がじんじんと熱くなり、春花の呼吸が速くなった。

「自分でも、同じように動いてみてくれ」

腰を掴む雪人の力が緩む。春花は彼の肩に縋りついたまま、ゆっくりと身体を動かした。

「あ……っ……」

自分で動いているという羞恥と、今まで知らなかった類の快楽を与えられた興奮で、春花の息が弾み始める。

「こう……？　雪人さん、気持ちいい……の？」

不器用に身体を揺する春花の問いに、雪人が低い声で答える。

「ああ、かなり。君はこんなに可愛いのに、中はとても貪欲なんだな」

淫らな褒め言葉に、春花の身体中が燃えるように熱くなる。

雪人が言葉と共に、腰をぐいと突き上げた。

そうでなくても深々とくわえ込んだ肉杭が、さらに深い場所を穿った。

「あぁ……っ、だめ……っ、深い」

春花は雪人の首筋に手を回し、彼の上半身にしがみつく。

息がますます乱れ、身体が勝手に揺れる。

彼にまたがって腰を振っている自分の姿が恥ずかしくて、頭が痺れてきた。

「だめなのか？　今のでますます絡みついてきたくせに？」

試すような言葉に反応し、つながり合った部分がびくりと震えた。

――ああ、だめじゃない……本当は私……

「こんなに濡らして締めつけてくるくせに、本当にだめなのか、春花？」

「ほ、ほんとうに、だめ……っ、あぁん」

雪人が身体を揺するたびに、全身が汗ばんでくる。

獰猛なくらいに隘路が収縮し、身体を貫く剛直を愛おしげに締めつけてしまう。

「ひ……っ、わたし、やぁ……っ！」

気がつけば、春花は無我夢中で身体を揺すっていた。

つがい合う蜜口から、淫らな水音が絶え間なく響き渡る。

「あ……！　そんなに、奥、だめ……っ」

興奮と快楽であふれた涙がこめかみを伝い、顎からポトリと落ちた。

身体が勝手に震え出す。こんな恥ずかしい格好で、気持ちいい場所を執拗に擦られて……正気でいられるはずがない。

腕の中に捕らわれ、甘い快楽にもがきながら、春花はひたすらに嬌声を上げ続けた。

――だめ、もういきそう……

いつもの、耐えがたい波が襲ってくるのがわかった。

春花は大きく息を弾ませながら、雪人の顔を引き寄せキスをする。

こうしていれば、圧倒的な絶頂感から少しは逃れられるのでは、と思ったからだ。

「ン、く……っ……」

キスをしながら、春花は身体を弾ませる。

「いつの間にこんなに上手に？」

唇を離して、雪人が呟いた。彼は両腰を掴む手を離し、春花の背中をかき抱いた。

「こんなに腰を使って。気持ちいいんだな、可愛いよ」

囁く彼の声にも、拭いがたい欲情がにじみ出している。春花を穿つ熱塊も、絶頂の硬度を帯びて強く脈打っているのがわかる。

「ん、あ、だめ……あぁ……っ」

無我夢中で蜜音を響かせ、身体を揺すりながら、春花はうわごとのように口走った。

彼のものをくわえ込んだ媚壁が、春花の意思とは関係なく激しい収縮を繰り返す。

「……っ！」

高波にさらわれるように、春花の中で快楽が弾けた。のけぞる春花の背を抱きしめたまま、雪人が、強く茂み同士を擦り合わせる。

「春花」

名を呼ばれると同時に、春花の中を満たしていた鋼が、どくどくと震えて爆ぜた。

皮膜越しに激しい欲情を注がれながら、春花はぐったりと彼の身体にもたれ掛かる。

「俺は君が好きなんだ。釣り合いなんか取れてなかったのは、わかってる……」

汗に濡れた頬を春花の顔に押し当て、雪人がうわごとのように呟く。

愛しげに春花の背中を撫でながら、彼は荒い息と共に告げた。

「絶対に、どこにも行かせない。……俺は春花を誰にも渡さないからな、覚悟しておいてくれ」

春花は声も出せずに頷く。

当たり前だ。自分は一生雪人のものだし、春花だって、雪人を誰にも渡したくない。

そう思いながら、春花は力の入らない腕を上げて、彼の広い背中を抱きしめた。


……美砂が会社に来てから、半月ほどが経っただろうか。

週に二度、春花の会社に来る予定になっている彼女とは、ほとんど顔を合わせることはない。

美砂は非常に優秀で、そして忙しいらしい。

彼女と一緒に仕事をした人は、口を揃えて『びっくりするくらい頭がいい』と褒め称（たた）える。

誰も美砂を悪く言う人はいないし、彼女が春花の会社に持ち込んでくる企画も、非常に質の高い、今後の広がりがあるものばかりだという。

――すごい人なんだな。雪人さんのお嫁さん候補だった人、かぁ……

雪人に踏み込んで聞いたことはないものの、雪人と彼女はあまり仲がよくなかったのではないか、と思われる。

雪人も優秀で、美砂も優秀。頭がよすぎる者同士で、ぶつかってしまったのだろうか。

そんなことを思いつつ、春花は久しぶりに履いたパンプスを、机の下でそっと脱ぎ捨てた。

今日は、美砂に指示された『新プロジェクト』の初打ち合わせだったのだ。

春花はリクルートスーツに身を包み、客先のオフィスで会議に参加してきた。

――いっぱい関係者がいたなぁ。私、他の会社の人とミーティングするの初めてだから、緊張しちゃったし……

社内用のサンダルに履き替えつつ、春花は新プロジェクトの資料をもう一度見直した。

ヘルスケア系の大手メーカーと、製薬会社、そして春花の会社が協業するプロジェクトだ。

体組成計、基礎体温計、そして、それらの計測機械から転送されてきたデータを集計し、アプリケーションで管理する機能。それらをセットで提供するのが、この新プロジェクトの目的である。

ここに一般女性ユーザーの意見を取り入れるだけでなく、若い女性エンジニアによる『女子がほしい機能をぎゅっと詰め込みました！』という方向での商品説明や、宣伝活動をしてほしいという。その『若い女性エンジニア』を、春花に担ってもらいたいというのだ。

――気になるのは……広告代理店の人が、ちょっと怖かったんだよなぁ。

春花はミーティングの様子を思い出し、ふう、と息をつく。

プロジェクトには、大手メーカーのＷｅｂサイトのディレクションを担当する、広告代理店の社員たちも出席していた。

リーダーは、高田（たかだ）という三十代半ばの女性で、こんなことを言ってはいけないのかもしれないが……初めから春花のことが気にくわない、と言わんばかりの対応だった。

『うちの会社の若い子じゃだめなの？　二十一の子なんて信用できないでしょ？　こんな子で本当にプロジェクト進む？』

周りの男性が慌ててたしなめるほどの剣幕だったが、それでも彼女は言いたい放題だった。

けれど会議が終わったあと、美砂はあっさりと春花に言った。

『高田さんは、関係企業の重役のお嬢様なの。いつもあんな感じで、ワガママ放題よ。だから気にしないで。変わった人なんて、これから仕事をしていく上でいくらでも会うから。社会人ならやり過ごすことも覚えましょう』

そうは言っても、あんなふうに直接的な悪感情をぶつけられるのは慣れていない。

途方に暮れる春花に、美砂は笑顔で続けた。

『じゃあ、今日のメンバーのメーリングリストを作るから、これから作成する資料はそこに送って頂戴(ちょうだい)ね。スケジュール進行は私が見ます。何かあったらメールか電話して』

春花にそう言い置いて、美砂は別の仕事先へと向かっていった。

——岩川さんは『私は忙しいから、自力で適当に流してね』って言ってるんだよね。

美砂の口ぶりから、春花はそう受け取った。

高田は、言動こそ問題がありそうだが、プロジェクトの主幹企業の有力メンバーだ。

なんとか彼女と、上手く仕事を進められるといいのだが……

しかし、春花の予想通り、高田は一筋縄ではいかない相手だった。

『二十一歳だからって甘く見てもらえると思ってる？　貴方、給料もらってるんでしょう？』

「すみません……」

こうして電話で怒鳴(どな)られるのは何度目だろう。しくしくと痛む胃を押さえて、春花は二十分経ってようやく、電話を切ることを許された。

——何がだめなのかさっぱりわかんないんだけど……まさか、怒鳴(どな)りたくて電話をかけてきてる？

怒鳴られ続けて萎縮した心を抱え、春花はもう一度『見たくもありません』と突っ返された書類を開く。彼女のＯＫがないと、製品を発売するメーカーの人に提案書を通してすらもらえないのだ。

他社のプロジェクトは初めてだが、本当に皆、こんな思いをしながら働いているのだろうか。

——どうしてメーカー側の担当者さんと直接やり取りしちゃだめなのかな？　成果物のクオリティを上げたいからって言われたら反論できないけど……

そのとき、別件のメールが届く。春花が普段担当している会計システムに関する問い合わせだ。しかし、担当して半年ほどの春花が勝手に回答していいのか、判断に迷う内容だった。

——どうしよう……これ、青山さんに確認した方がいいよね。

春花は立ち上がり、パソコンに向かっている青山に声を掛けた。

「青山さん、あの……」

「今のメールでしょ。そろそろ自分で調べて回答してみて」

これまでに聞いたことがないほど、冷たい声だった。

高田からの罵倒ですくんでいた春花の身体が再び凍りつく。

「自分でやらないと成長につながらないからさ」

なぜこのタイミングで、突然そんなことを言い出したのだろう……。今までずっと、ちゃんと俺に確認してから作業してね、と指示されていたのに。

反射的に涙が出そうになったが、会社であることを思い出して、呑み込む。

「すみません。確認して回答を作ります。それ、あとで確認してもらっていいですか」

春花はそう言ったが、青山の返事はなかった。不機嫌で無視している、というのが、ありありと伝わってくる態度だ。

——機嫌悪いときに話しかけちゃったかな……

そうは思うものの、冷水を掛けられたような驚きは消えない。

春花の胸の動悸はなかなか治まらなかった。

青山が急に冷淡になってから、一週間ほどが経過した。

彼の態度は相変わらずだ。どうして突然春花のことを毛嫌いするようになったのか。

本当に心当たりがなく、胃がしくしく痛む。

落ち込みつつメールを開いた瞬間、春花の頭がズキンと痛んだ。高田からメールが来ていたからだ。

——ていうか、まただめなの……？　高田さんの会社のルールなんかわかんないよ！

事前に教えてくれないと！

高田からのだめ出しが羅列されたメールを読み終え、春花はため息をついた。

通常業務に加え、他社との協業プロジェクト。今回の春花に与えられた仕事は、少々ボリュームが多いが勉強としてなら仕方ない、程度で収まるよう調整されていたはず。なのに業務が、全く進まない。

上長や他社のメンバーが不在のミーティングで、また火がついたようにわめき散らされることを思うと、胃がキリキリと痛くなる。

高田と同じ会社の人も、関わり合いになりたくないのか、一切口を出してこない。むしろ、『渡辺さんが急いでくれないとだめだ』なんて、高田の尻馬にのって、春花を責める人まで現れる始末だ。

それに高田は、本当にひどいことは電話で直接言ってくる。メールだと証拠が残ると思っているのだろうか。

『私は嫌なことがあったときのサンドバッグですか？』と聞きたくなるほどの理不尽さだ。いっそ、録音しましたよ、と言ってやろうかとさえ思う。

——提案書は、早く高田さんのOKをもらわないとだめだってわかってるけど……多分、永遠にOKなんかくれないんだろうな。私が担当してる限り、ひたすら激怒して怒鳴り散らす気がする。

文章が悪いとか、資料の作りが下手で読む気がしないとか、ひたすらだめ出しが列挙されているメールを閉じ、春花は深呼吸した。

高田からの、画面いっぱいのだめ出しを嫌がらせとしか思えない時点で、すでに自分自身もちょっと病んでいるような気がする。

――私、外してもらおう。だって仕事が進まなくて迷惑になるもの。

そう思い、春花は美砂宛にメールを書いた。

高田への苦情ではなく、入社一年目の自分では力量不足だった、と率直に書いた。

それから、高田に同調して苦情を言い出した人もいることで、プロジェクト内の雰囲気も悪くしてしまったことをつけ加える。

高田と一緒に仕事を進めていける人も、恐らくこの世にはいるのだ。春花は初対面から嫌われてしまったが、もしかしたら、進め方によっては、ちゃんとできたのかもしれない。

そこに、美砂からの返信がすぐに来た。

『高田さんはステークホルダーの重要人物ですので、色々工夫して折衝してみてください。進捗の遅れは私の方でコントロールしますし、私もフォローで動きます。大変だとは思いますが頑張ってこのまま進めてもらえますか。困ったことがあったらまたメールください』

春花の目に涙がにじんだ。『自分でどうにかしろ』と読めたからだ。

やはり、春花の努力が足りないと思われているのかもしれない。

――そうかも。私の資料だと、色々書き方がよくないんだ……

何となく自分を責める気持ちになってしまい、春花は再び資料を見直した。高田のだめ出しをもう一度読み返し、資料の修正に着手する。

――……だめなものはだめなんだよね。ちゃんと直さなきゃ。

そのとき、PCの右下でポップアップの画面が点滅した。春花と青山が担当しているシステムの障害報告だ。

重なるときは重なるものだ。春花は頭痛をこらえて、エラー通知メールを確認し始めた。

――これ、全部私にこなせるのかな……？

ガンガンする頭を押さえつつ、春花はメールの内容を確認する。データセンターのハードディスク障害だ。どこまで処理が進んだのかを確認して、手作業でデータの修正をする必要があるかもしれない。

――今日金曜だっけ。何時くらいに帰れるかな……資料も作らないといけないし。

ちらりと青山の方を見るが、彼は春花に手を貸してくれる気は全くないようだ。いつもならアドバイスをくれるのに……と思うが仕方がない。

仕事は辛いから仕事なのだ。わかっているけれど、最近眠れていないし、ミスが怖い。初めて、仕事が辛い、と心の底から思った。

――うう……なんと！　夜二時！　怒られます！

春花はため息をつき、自宅の扉を開けた。

帰宅したといっても、仕事が終わったわけではない。

明日からの休日も、提案書作りの見直しをしなくてはならないのだ。そのために、高田のだめ出しメールを印刷して持って帰ってきた。

「ただいま」

「いい加減にしなさい。毎日何時まで働いてるんだ」

予想通り、玄関ホールには、雪人が鬼の形相（ぎょうそう）で腕組みをして立っている。

「遅くなるときは連絡しろって言わなかったか。昨日も遅かったよな。今日も遅くなるならちゃんと電話すると約束しただろう。迎えに行く準備をして待っていたんだが」

過保護魂（だましい）、爆発のようだ。春花はうなだれて、小さな声で言った。

「ごめんなさい」

けれど、雪人だって、毎日二十二時過ぎに帰ってきているのだ。そんな彼に、それからさらに車で迎えに来てほしい、なんて言えるわけがない。きっと彼だってくたくただろうに……

「ちゃんとタクシーで帰ってきたのか？」

「仕事で嫌なことがあったから、頭を冷やしたくて、会社から走ってきた！　お風呂入ってきます」

「待ちなさい、春花」

春花は振り返らず自室から寝間着一式を持って、自分用のバスルームに駆け込んだ。

雪人の顔を見ていると、甘えて泣き言を言ってしまいそうだ。

だから最近、夜遅く帰ってもあまり彼と話さずに背中を向けて寝ているし、朝も提案書作りのために早い時間に家を飛び出している。

——私……こんな生活してたら雪人さんに嫌われそうだな。

シャワーを浴びながらふと、そんなことを思った。

春花は雪人に迷惑を掛けたくないから約束を破るのだが、それは逆効果のような気がする。

仕事ができない、約束も守らない春花を、雪人は愛し続けてくれるのだろうか。

雪人に出て行けと言われたら、次はどこへ行けばいいのだろう。彼の言うとおりちゃんと貯金に励んだので、一人暮らしを始められるくらいの経済状況ではある。

でも……雪人がいない毎日なんて考えたくない。彼のぬくもりがなくなる毎日なんて、想像するだけで胸がえぐられそうになる。

——落ち着け、春花。仕事で嫌なことがありすぎて、悲観的になってるだけだよ……

仕事で辛いことと、美砂と自分を比べてしまう惨めさと、自分の能力の情けなさと、疲労と。悲しいことが多すぎて、頭がガンガンする。

父の葬儀のときに、親戚の嫌なおばさんに執拗に言われた言葉を、ふと思い出した。

『これから一人なんだから、何でも自分でできるようにならないと。お父さんが心配するよ』

――そんなのわかってる……わかってるけど……

心が折れているときは、嫌なことをたくさん思い出すのかもしれない。

シャワーのお湯を浴びながら、春花は声を殺して泣きじゃくった。

雪人と一緒になって、また泣けるようになったのはよかったけれど……こんな理由で泣きたくはなかった。自分がだめで情けなくて、涙が止まらないなんて。

春花は、シャワーを浴び終えると雪人の部屋には行かず、今まで自室として使っていた部屋に駆け込んだ。

泣きじゃくっている自分が、幼い子どもみたいで恥ずかしい。

だが、仕事で、あんなにも立て続けにショックなことが起きるのは初めてだったのだ。

――情けない。何であんなに怒鳴られるんだろう？　青山さん、私のこと怒ってるのかな。もうやだ、何をやっても怒られそうで怖い……

感情が爆発するに任せ、春花はひとしきりわんわん泣いた。

泣きながら毛布にくるまっていたせいか、酸欠で頭が朦朧とする。

同時に、わあわあ泣いたお陰か、ちょっとだけ気分がすっきりした。

——もういいや。ほんとに我慢できなくなったら、やり返そう、怖いけど。

泣くだけ泣いたら、開き直った。父が亡くなって嫌というほど思い知ったではないか。どんなに生きたくても、命が終わる日は来る。人生は、無情で有限なのだと……

——お父さんが心配するよ。会社で理不尽にいじめられてるなんて知ったら。最後は、あの場所から逃げたっていいんだ。私はプログラムならバンバン書けるし、新しい技術を覚えるのも好き。だから、いくらでも働く場所はある。……大丈夫。

春花は自分を奮い立たせるべく、今までにもらったプログラミングのコンテストの賞や、仕事で褒められたことを一つずつ思い出す。エンジニアとしては若造だが、そこそこできる方、のはずだ。専門学校時代の先生に連絡したら、新しい仕事を探してもらえる可能性だってある。

——大丈夫。どうしようもなかったら、心が折れる前にあそこを去ろう。やり直せるから。

春花はそう思いつつ目を擦り、抗いがたい睡魔に身を任せる。

そのとき、部屋の扉が開いて、雪人が入ってくる気配がした。

彼は無理に春花の被った毛布を剥がさず、静かな声で尋ねる。

「そんなにぐるぐる巻きになって、息できるか？」

妙に冷静な質問におかしくなりながら、春花は毛布の中で「へいき」と答えた。

「仕事で嫌なことがあっただけだよな？　変な目に遭ったりはしていないな？」

そう聞かれ、春花は「うん」と答える。泣きすぎて声がかれていて、情けない。

「ならいい。明日話そう。ついていてあげるからお休み」

そう言って、雪人が毛布の上から、春花の背中をポンポンと叩いてくれる。

まるで赤ちゃんの寝かしつけのようだ。だが……雪人の存在を感じながら、こうしてあやされていると、ひどく安心する。

それに、彼が変わらず自分を愛してくれることがわかって、嬉しかった。

——雪人さん、ごめんね、情けない奥さんで……ありがとう。

そう思いながら、いつしか春花はとろとろと眠りに落ちていた。

「おはよう……」

洗顔と歯磨きを終え、目を擦りながらリビングに向かうと、雪人はソファで新聞を読んでいた。

いつもながらきっちり早起きする雪人の生活態度に感心しつつ、春花はパジャマのまま、雪人の傍らに腰掛けた。

「拗ねてないで、雪人さんと一緒に寝ればよかった」

ちょっと甘えてみせると、雪人が形のいい目を大きく開く。

いっぱい可愛がってくれるとはいえ、朝までくっついていたい、というのはさすがにしつこいだろうか。けれど昨夜はあのまま雪人になだめられて眠ってしまったし、くっつき足りないのだ。春花はそのくらい雪人が大好きなのだが。

じーっと様子をうかがうが、雪人はびっくりした顔のままだ。

「私、甘えすぎ?」

恐る恐る尋ねると、雪人が端整な顔をほころばせる。

「いや。そんなことはない」

そう言って、雪人が春花の背中に手を回し、ぎゅっと抱き寄せた。

「どうしたんだ、急に」

雪人の声はとても機嫌がよく、優しかった。

安心した春花は彼の腿の上に手をのせ、首筋に額を擦りつける。

「甘えたくなったの。っていうか、あっち行けって言われるまで甘えることにした」

「……歓迎する」

雪人がそう言って、春花の顎を指先で上向かせて、そっとキスをした。

乾いた滑らかな唇からは、夜のような激しさ、淫靡さは感じない。

優しくふんわりと包んでくれる彼も、獣のように身体を奪い、貫いてくる彼も、どちらも好きだな、と思う。

「お風呂も一緒に入ろう」

「春花、今日はどうしたんだ。俺を喜ばせるキャンペーンでも始めたのか」

雪人が笑い出したので、春花は唇を尖らせた。

「だって入りたいから。いいでしょう？　だめ？」

「ん？　俺は今日から毎日風呂で理性を試されるのか？　……いいよ」

機嫌のいい笑顔に、春花も微笑みを返した。

「お腹空いたね。何か作ろうか？　っていうか、冷蔵庫空っぽだから、スーパー行ってくる」

「食事に行こう」

「もっとちゃんと家事したいの。今週はできてないから」

しかしその提案に雪人は首を振り、春花の額をちょんと押した。

「ちゃんとしなくていいから、リラックスしていてくれ。今週の春花はずっと死にそうな顔してただろう。仕事が大事なのはわかるが……仕事も家庭も先は長いんだ。無理するな」

雪人のしなやかな腕が、春花の身体を再びぎゅっと抱き込む。

彼の胸は温かくて、とても落ち着く場所だ。体熱に溶かされそうな気分になりながら、春花は小さな声で返事をした。

「……わかった。ありがとう、雪人さん」

やっぱりこの人のことがとても好きだ、と思う。

結婚して肌を重ねて、毎日一緒に過ごしているうちに、またどんどん好きになっていっている。

「そうだ。今週の頭に結婚指輪ができたみたいなんだ。裏に石を入れてもらったんだが、その石を取り寄せるのに予定より少し時間が掛かったらしい。今日取りに行こう」

「石って何？」

春花は首をかしげた。

「指輪の裏側に石を入れてもらった。ブルーダイヤを入れたくて。サムシングブルーってあるだろう？　花嫁を幸せにするというジンクス。俺たちは式を挙げなかったから、そのかわりに」

「そんなのあるんだ。すごいね」

春花は感心して、雪人の胸に顔を埋めた。

雪人も、二人で嵌める初めての指輪に思い入れがあるらしい。そのことが、春花には嬉しかった。

——そっか、これから毎日、お揃いの指輪を嵌めて、雪人さんの奥さんとして暮らすんだ。……やっぱり、変な隠し事とか、一つもない方がいいよね？

春花はそう思い、雪人の胸から顔を上げた。

「どうした？」

不思議そうな雪人の黒い瞳を見つめ、春花はちょっとだけ勇気を出して口を開く。

「あのね、今、私、雪人さんの婚約者だった人と仕事してるの。あの人がうちの会社に来たの」

雪人が動きを止める。

「なんの話をしている……？」

真顔になった雪人の目を見つめ、春花は静かに言った。

「岩川美砂さんの話。ごめんなさい。変に心配させたくなくて黙ってたの」

雪人は驚いた表情のまま、低い声で春花に尋ねる。

「……冗談だろう？　なぜ彼女が？　日本に帰っていたのか？」

「アメリカで仕事をして、戻ってきたって言ってた。うちの会社の、非常勤の社外取締役なんだって」

「人違いじゃないのか？　本当に岩川美砂って名前なのか？」

春花はこくりと頷いた。

「指輪を買ってもらったお店で会った人だよ。でも、私に雪人さんの話は全然してこないけど」

「美砂が……」

しばらく呆然としたあと、雪人が真面目な口調で言った。

「もしかして君が急に忙しくなったのは、美砂のせいなのか」

「それは微妙かな。岩川さんに新しいプロジェクトに誘われたの。だけど、私が仕事をこなせなくて。広告代理店の人に色々苦情言われちゃって……待ってて、ほら」

春花は慌てて、リビングに置きっぱなしにしていた会社用鞄から、高田のメールを印刷した紙を取り出す。

「ほら……こんな感じ。今日はこれを見ながら資料を直すつもりなの」

雪人がその紙を春花の手から取り上げ、じっと内容を追う。

「嫌がらせに近いな」

雪人が独りごちながらページをめくる。

「春花が、このメールの送り主の、会社の決まりなんて知っているわけがないのにな」

「どういう意味？」

「ここを見てみろ。『この書き方では弊社の上長の承認は下りません。他のやり方でお願いします』とあるだろう。そこまで言うならば、彼女自身が春花の書いたドキュメントを修正するか、書き方のフォーマットを提示すべきなんだ。的確な指示をせずに、何度もやり直しだけを命じるのは、発注者の義務を怠（おこた）っていると言っていい」

春花は雪人が指し示す箇所をのぞき込んだ。

「でも、説明してくださいって頼むと、電話が掛かってきて怒鳴（どな）られちゃうんだよ。もう無理ですって言ったけど、岩川さんにはもう少し頑張れって言われて……」

うなだれる春花に、雪人が静かに言う。

「安全な場所から、逆らえない相手にだけパワハラをするような人間はたくさんいる。こんな人間に潰されるな。このプロジェクトから抜けられないなら、会社を辞めていい」

「それも考えてる。岩川さんに相談してるんだけどね……上手くやれって言われるだけ」

春花はため息をつく。ああいうふうに言われると、もっと実力があれば切り抜けられるのではないか、と考えてしまう。

「俺が新しい勤め先を探そうか。なんなら主婦でもするか？　パワハラの件は別として、そもそも美砂がいる場所で君を働かせるのは気分がよくない」

何気ない雪人の言葉に、春花は慌てて首を振った。

「そ、それ、フェアじゃないよ、だめ！　雪人さんにどうにかしてもらうなんて」

「仕事がフェア？　可愛いな。それは間違っているよ、春花」

雪人が長い指で春花の髪を撫で、うっすらと笑みを浮かべる。

「仕事はどこまでもアンフェアだ。君の見えないところで、皆、自分だけは頭一つ抜けようと色々な手を考えている。フェアだなんて信じているのは春花だけだ。たまたま有利に使える道具があるのであれば、限界まで活用しなさい」

驚きすぎて声も出ない春花をぎゅっと抱きしめ、雪人は言った。

「とりあえず、改めて確認する。美砂は、君に何もしていないんだな」

春花はこくこくと頷く。

「変なことなんか何もされてない。初めは会社に来てびっくりしたけど……岩川さん、とてもいい人なんだよ。頭がものすごくよくて、モデルさんみたいに綺麗だし、メールの返信も早いし。来たばっかりなのに、会社の人から、もう信用されてる」

決して彼女を悪く言っているのではないのだ。雪人に誤解してほしくないし、自分自身先入観をもちたくないので、春花はさらにつけ加えた。

「私、本当に何もされてないから。別の会社の変な人に嫌がらせされてるだけ」

「……ああ、わかった。春花の言うとおり、美砂は極めて優秀な女性だ。君個人を攻撃するような思考も持ち合わせていないだろう……と思う」

雪人が独り言のように呟き、ふう、と息をついた。

「ただ美砂は、その優秀さを、家に搾取(さくしゅ)されて生きていた。歪(ゆが)んでいないわけではないんだ」

そう口にした雪人は、ずいぶん暗い表情だった。

「どういう意味？　家に搾取って、何？」

「春花には関係ない。気にしなくて大丈夫だ。いつものカフェで何か食べて、指輪を取りに行こう」

雪人の言葉は優しかったが、春花は首を横に振る。

「嫌だ。教えて」

春花は身体を起こし、雪人の目をまっすぐに見て言った。

「私、雪人さんに大事にされるばっかりでしょう。でも、私は雪人さんのこと、何も知らない。だから、ちゃんと教えてほしい」

雪人の表情がかすかに動いた。

「私は雪人さんにひたすら守られて、幸せに暮らしていればいい、って感じの扱いだけど……やっぱりそれは、偏っている気がするの。私が子どもっぽくて信用できないのかもしれないけど……」

言ってはみたものの、自信のなさゆえに言葉の語尾が消えてしまった。

胸を張って『何でも話して、私が相談に乗るから』と言いきれるくらい、知識や人生経験が豊富であればよかったのに。

そう思って小さく唇をかんだ春花の目の前で、雪人が優しく微笑んだ。

「……そうだな、春花は俺の奥さんだからな」

無言で頷いた春花の髪を指先で梳きながら、雪人が自分に言い聞かせるように呟く。

「俺は家のために生きろとしつけられ、家族の愛情など知らずに育った。そんな俺の目には、渡辺先生に宝物のように大事にされてた春花が、とてもまぶしく見えたんだ。だから、そのまぶしさが曇らないように、先生の代わりに俺が守り続けたいと思った」

突然の述懐に、春花は目を丸くした。

「いきなりだけど、ごめん、春花。俺は君に嘘をついてた。先生に、君の面倒を見てくれと頼まれたなんて、嘘だ。就職の相談に乗ってやってくれとしか言われていない。君をこの家に連れて帰ってきたのは、頼まれたからではなく、俺が……俺が勝手にしたことなんだ。俺が、君と離れたくなかったから」

きょとんとする春花の前で、雪人が苦しげに目をそらす。

「嘘……？」

雪人の言葉を復唱した瞬間、春花の胸に、一つの感情がこみ上げてきた。

『かまわない』と。

――きっかけなんて嘘でもいい。雪人さんは私を助けて、大事にしてくれた。

もしあのとき、雪人が春花を連れて帰ってくれなかったら、どうなっていただろう。

父の死で、春花は悲しみと絶望で自暴自棄になっていた。大好きな父が力尽き、病院の債務整理のために、住み慣れた家も出ていくことになって……。嫌な親戚の言うなりになって、どこかへ連れて行かれ、いいようにされていたかもしれない。

ろくに顔も合わせたことのなかった親戚のおばさんの嫌味も、よく知らない中年男から胸と脚に執拗に向けられる気持ちの悪い視線も、春花は、全部覚えている。

――私、雪人さんに助けてもらった。

親戚の多くは、貧しい中頑張って医者になった父に、お金をたかろうとしてきたと聞いている。父はそんな親戚を嫌って、ほとんど交流を断っていた。

母方の親戚は、祖父母が亡くなってからはずっと疎遠だ。

雪人があそこから連れ出してくれなかったら、春花は今のようには暮らせていなかったはずだ。

会社に通い、週末は美味しいものを食べて、技術の勉強やゲームをして過ごす。そんな平穏で幸せな毎日は送っていなかっただろう。

「気にしないで。私のことを助けるためだったんだから」

春花は力を込めて、はっきりと言った。

「雪人さんは、私を助けてくれたんだよ。ありがとう。お父さんだって絶対、今ごろ天国で土下座する勢いで感謝してる！『遊馬君、春花を助けてくれてありがとう』って」

「……そうかな」

雪人が泣き笑いのような表情になり、春花をまた抱きしめた。

「そうだといいな。俺は……俺のしたことは間違ってはいないけれど、正しくもないと思っていたんだ。そして、春花が俺から自立してくれれば、自分のついた嘘のつじつまが合うと思い込んでいた」

「そんなの気にしなくていいのに。それに私は、絶対に雪人さんと離れないから」

強い口調で答えると、雪人が笑って、春花の髪に頬ずりした。

「……ごめん、今まで黙ってて」

「いいってば。私は一緒にいたいの。雪人さんが好きだから」

「ああ、俺もだ。いい歳して、君に惚れてる」

雪人に好きと言われて嬉しくて、鼓動がドキドキと速まってきた。

春花はひょいと身体を離し、背伸びをして雪人の顔を引き寄せ、形のいい唇にキスをした。

それから、念のために雪人に釘を刺すことにする。

ちょっぴり緊張しながら、春花はお腹に力を入れた。

「あと私、ほんとに子どもじゃないから。もう二十一歳だし。仕事だってもっともっと頑張って、雪人さんが仕事辞めても、私が養えるくらいになるつもりだから。だから……昨日は大泣きしちゃったけど……今任されてる仕事のことは、自分で何とかする。辞めるにしても、何にしても」

唐突だったかな、と思いつつ様子をうかがうと、雪人は意外と真剣な顔で聞いてくれていた。

「わかった。仕事の件は何かあったら相談しなさい。美砂から何かされたら、それも教えてくれ。じゃあ、とりあえず食事に行こうか」

そのとき、春花がソファに置いていたスマートフォンが鳴った。

――誰だろう？

甘い気持ちに浸（ひた）っていた春花は、スマートフォンを取り上げて目を丸くする。

電話をかけてきたのが、美砂だったからだ。通話ボタンを押した春花の耳に、美砂の朗（ほが）らかな声が流れ込んでくる。

『もしもし？　渡辺さん？　ごめんなさい、お休みのときに。社外ミーティングって月曜日に変更になったのね、今確認して知ったわ。だから電話したの。高田さんの承認が下りていない書類だけど、月曜のミーティングに向けて私の方で修正していいかしら？』

一瞬足がすくんだが、すぐに不安を振り払う。

春花は雪人を振り返り「会社の人」と小声で告げ、スマートフォンを持って廊下に走った。

「はい。ミーティングの日は変更になりました。会社用のPCを家に持ち帰ったので、最新のファイルを送ります。あの、それより、修正点をメールしていただければ、私が直しますけど……」

『ごめんなさい、あとは私が全部やるわ、時間がないから』

……確かに、何度も無意味にだめ出しされている資料も、美砂から送ってもらえばすぐに認可されるに違いない。だめ出しされる理由が『春花自身』であろうことは確信している。

自分で頑張りたいと思ったが、恐らくここまで高田の感情がこじれていては、上手く行かないだろう。美砂もそう見極めて、春花の仕事を引き取ると言っているのだ。

そこまで考えた瞬間、突如、春花の頭に一つの思いがよぎった。

──何度も相談したのに、その答えはくれなかった。なのに、仕事だけ取り上げるの？　苦しむだけ苦しんだ挙げ句、一方的にこんなことをされたら、私、いつか挫折する……

当たり前だ。何度も相談したのに自分で対応しろと言われ、負けないように頑張って続けていたら、土壇場になって『貴方には無理だったわね』と、一見優しい言葉で仕事を取り上げられて。

美砂は優しくて完璧な上司だ。だが……春花を巧妙に追い詰めようとしていないだろうか。

それは、春花の直感だった。けれど春花は、美砂の柔らかな口調に明白な毒を感じ取った。

「……わかりました。お願いします。会社のアドレスにメールで送ります」

春花は通話を終え、無言で電話を下ろす。

『岩川さんは会社の上司。私に悪意なんて抱いてない。フェアな人のはず。出会ったのも偶然』

自分に言い聞かせてきた言葉が、砂のように崩れ去ってゆく。

どうした、というように首をかしげる雪人に微笑み返し、春花は笑顔で言った。

「ちょっと仕事のメールをしてくる。終わったら指輪を取りに行こう!」

雪人に微笑みかけながら、春花は思った。

子ども扱いされたくないのであれば、自力で問題を解決できる人間にならなければ。

——私、岩川さんに何されても、負けたくない。

春花は自室に向かい、会社から借りてきたノートパソコンを開いた。

美砂が何を考えて、春花に悪意をぶつけてくるのかわからない。だが、やられっぱなしも面白くない。そう思いながら、さらさらとこぼれ落ちてくる髪を耳に掛ける。

美砂に頼まれた書類を整え、メールを書いて送信したあと、春花はスマートフォンを取り出した。そして、電話番号宛に文章を送れる、ショートメッセージを起動する。

『岩川さん、雪人さんのことで私に何か言いたいことがありますか? あるなら、言ってもらえると嬉しいです。遊馬春花』

そう書き込み、美砂宛に送信する。

単刀直入に聞いてもごまかされ、遠回しな嫌がらせが続くのであれば、本気で身の振り方を考えよう。

立ち上がって雪人のところに戻ろうとしたとき、メールが届いた。そこには、こう書かれていた。

『貴方に対しては、何の悪意もありません。岩川』

――どういう意味だろう？

すぐに返事が来たことに動揺しつつ、大きく息を吸って腕組みをした。

『貴方に対しては』という言葉に、何かが含まれている……そんな感じがする。春花の脳裏に、宝石店で雪人をにらみつけていた美砂の様子が浮かんだ。

――……もしかして岩川さんは、雪人さんに何かしたいの？

そう気づいた瞬間、春花の身体に不思議な決意がわき上がる。

――雪人さんに変なことはさせない。嫌な思いなんて絶対にさせないんだから！

ぎゅっと拳を握りしめたとき、部屋の扉がノックされ、雪人が顔をのぞかせた。

「仕事、終わったか？」

どうやら、早く指輪を取りに行きたくて待ちくたびれたらしい。一緒になって知ったが、大人っぽくクールな雪人にも、たくさん可愛いところがあるのだ。

厳しい顔も優しい顔も、最近時折見せてくれる無邪気な可愛い顔も愛おしくて……春花の中は、日に日に雪人への『好き』で埋め尽くされていく。

もし美砂が幸人に対して何らかの悪意を持ち、それが原因で春花にも嫌がらせをしているのだとしたら、許せない。

雪人に嫌な思いをさせたくない。だから、自分一人でなんとかしてみせる。

春花の心に、強い決意が生まれた。

「うん！　終わった。今行こうと思ってたところ！」

明るい声で答えて、春花はふざけたように雪人に抱きついた。

「どうした？」

雪人の優しい声に、春花は喉を鳴らす。

——私が雪人さんを守る。私は大切に守ってもらうだけのお子様じゃない。

そう思いながら顔を上げ、雪人に微笑みかけた。

「なんでもない、雪人さんが選んでくれた結婚指輪、早く見たいな。行こう」

第七章

「おはようございます」

月曜の朝、春花は結婚指輪を嵌めて出社した。

総務の許可を得て、新姓を使って仕事をしていくことも、会社の関係者全員にメールする。

会社の人たちからは、驚かれたり、祝福されたり……概ね予想通りの温かな反応が返ってきた。

旦那さんのことも聞かれたが、年上で穏やかな人、とだけ説明した。

「今度皆で新居に遊びに行きたい！」

同僚に無邪気に言われ、春花は頷きつつ考える。

――雪人さんは気難しいからなぁ……でも最近はちょっと柔らかくなったから大丈夫かな？

会社で報告するまでは少し不安だったけれど、こうして皆が笑顔で『おめでとう』と言ってくれると、嬉しいし心が温かくなる。一生に一度のことだし、素直に祝福してもらおうと思った。

いつものようにメールを開くと、相変わらず高田からの罵倒メールが来ている。

資料は、土曜日に美砂から送ってもらったのだが……もう、文句を言えるなら何でもいいようだ。春花が一切逆らわず、告げ口もしないので安心し、エスカレートしているのだろう。

真面目に受け止めてはだめだ。春花は文章を読み終わり、小さく息をついた。

――私が至らない部分もたくさんある。でもこの人はおかしい。仲裁を一切してくれない岩川さんも変だ。忙しいって理由でも、おかしいよ。

『指示されている内容が不明瞭なので、以下の点を回答いただけますでしょうか』

返信にそう書いて、雪人に教えてもらったように、想定しているフォーマットの提示や、どうなればゴールなのかの明確な指定を要求する。

余計なことは一切書かず、仕事のことだけを書いた。

――このメールを読んだら、高田さんが爆発的に怒って、私の席の電話に連絡してくるだろうな。

そう思いながらちょっと勇気を出し、案件に関わる人全員のアドレスを、ＣＣの欄に入れた。同時に、会社の事業部全員のメーリングリストも、ＣＣ欄に入れる。

――ごめんなさい！　メールの操作を間違えてしまったんです。仕方ないですよね。

高田からの複数回にわたる罵倒が、延々引用された長いメール。そんな爆弾が、ボタン一つで春花の上司たちやプロジェクトの関係者宛に飛んでいく。

もしかしたら、誤送信をしたことは怒られるかもしれない。だが、この状況に一矢報いたいのだ。春花はもう、開き直った。

春花の心に、最後まで春花を心配していた父のことが浮かぶ。

弱り切った身体でも、ずっと春花の将来を心配して、あれこれお小言をやめなかった父。

たかが仕事のいじめで心折れて壊れてしまったら、命が燃え尽きる瞬間まで、春花のことを案じて、愛してくれた父に失礼だ。

――私、お父さんに心配掛けない大人にならなきゃ。雪人さんも、仕事はフェアじゃないって教えてくれたし。だから私も狡いことをするわ。

春花はため息をついて、再びパソコンのキーを叩き始める。

一時間ほど作業をしたときだろうか。肩を叩かれて顔を上げると、事業部長が立っていた。

「青山と渡辺……じゃなくって、遊馬さん、ちょっと来て」

呼ばれた青山が、春花の方を見ようとせずに立ち上がる。あるときから突然嫌われたのはわかっているが、やはりおかしな態度だ。春花は内心ため息をついて、事業部長について歩き出した。

リフレッシュコーナーの立席テーブルに着いた事業部長が、紙コップのお茶を飲みながら言う。

「なぁ、青山、岩川さんの案件トラブってるの？」

頑なに春花の方を見ようとしない青山が、作り笑顔で「いいえ、別に」と答える。

「渡辺……じゃなくて遊馬さん、さっき間違って俺たちにもメール送ってきただろ？　あのメールを見たんだけど、サイト構成の提案書、広告代理店の人のリテイク多すぎないか？　遊馬さんは自分がやるべきことを、ちゃんと理解できているか？」

チャンスが来た。事業部長が、春花の現状に興味を示してくれたようだ。何度も何度も理不尽なリテイクをされた履歴が残っているメールを見て、事業部長も進捗が思わしくないことに気づいてくれたのだろう。

「すみません。理解が甘いと自覚しています。岩川さんに相談したのですが、お忙しいので……」

春花の回答を聞いて、事業部長が頷く。

「まあ、入社一年目の新人に、提案資料をまともに作れって言っても難しいよなぁ。青山がちゃんと見てやれ。お前が面倒見るって言うから、遊馬さんをお前のチームに配属したんだぞ」

「見てますよ」

青山が力ない声で、事業部長に逆らう。だが、プロジェクト進行の遅延に厳しい彼は、青山の言い訳では納得しなかったようだ。

「あのな青山、見てるって言うなら、一緒に資料作るとかくらいしてやれよ。岩川さんは他の案件の営業で忙しいんだし。リーダーのお前が、新人の遊馬さんを見てやらなくてどうする」

青山が一瞬口をつぐみ、低い声で答えた。

「手が回っていなかった部分もあります、すみません」

青山も、さすがに春花を完全無視していたことをごまかせないようだ。

「とにかく、絶対にスケジュール遅延は回避だ。岩川さんは週二回しか出勤しないんだし、彼女の判断だけを当てにせずに、トラブルは早めに俺に報告しろ。大口顧客の案件なんだぞ」

念を押して、事業部長が紙コップを握り潰し、足早にリフレッシュルームを出て行く。

春花はそっと傍ら（かたわ）の青山を見上げた。彼は顔をしかめ、春花を置いて出て行ってしまった。

——やっぱり、青山さん、変……だよね。

彼は明らかに、春花を無視している。今まできちんと仕事の指導をしてくれた彼に、一体何が起きたのだろう。春花の勤務態度の問題なら、それを注意してくれるはずなのに……

——無視され始めたのは、岩川さんが来たあと、なんだよなぁ……

春花は美砂への不信感を抱いたまま、早足でリフレッシュルームをあとにした。

その日の仕事は、定時過ぎに終わらせることができた。今日の夕飯にはカレーを作ろうと、春花は軽やかな動作で立ち上がる。

「お先に失礼します」

そう言って席を離れようとしたとき、青山に声を掛けられた。

「遊馬さん、待って」

青山は慌てたように、鞄にものを詰め込んでいる。

「話があるからちょっとお茶して帰ろう」

青山の提案に、春花は一瞬眉をひそめる。

最近の冷たい態度を思うと、一緒に時間を過ごしたい相手ではない。

——でも、大事な仕事の話かもしれない。嫌なことを言われたら、その場で席を立って帰ればいいか。

そう決めて、春花は頷いた。

「いいですよ」

春花が無言の青山に連れて行かれたのは、会社の近くのコーヒーショップだった。昼は賑(にぎ)わっているが、あと一時間ほどで閉店するためか、客の姿はまばらだ。

カフェオレをちびちびと飲みながら、青山が話を切り出すのを待つ。

彼は何かを考え込んでいる。沈黙が五分ほどになり、埒（らち）があかないので、春花は話を切り出した。

「私の勤務態度に対するお叱りでしょうか」

少し他人行儀な冷たい口調になってしまう。だが、春花の言葉に青山は首を振った。

「ちがう。遊馬さんは真面目でいい子だよ。だけど俺、やっぱり旦那さんは……おかしいと思ったんだ」

突然何の話を、と目を丸くする春花の前で、青山が顔を上げる。

「岩川さんが来た日、俺、彼女に誘われて軽く飲みに行ったんだ。そこで遊馬さんの話を振られて……なんでだろう。岩川さんはすごく話が上手で、俺、気づいたら……前から遊馬さんを気に入ってるって正直に話してた。遊馬さんの旦那さんのことも聞かれて、年上だし、すごくお金を持ってそうで何者なんだろうって……岩川さんに喋（しゃべ）っていて……」

その話は青山に、展示会帰りの電車の中でも言われた。よほど引っかかりを覚えていたのだろう。

「あの！　私の夫は、本当に変な人なんかじゃ……」

「ごめん。遊馬さんにそう言われても、俺は納得できないんだ。ご両親のいない若い子に、十二も年上の男が……ありえないよ。そんなの、二十一歳の困ってる女の子に関係を強制したとしか思えなかった」

「違います！」

春花の言葉など聞こえないように、青山が続ける。

「そうしたら、岩川さんが、俺の思い込みを肯定するようなことを言ってくれたんだ……遊馬さんの夫は、人間として問題があるんだって」

とんでもない言葉に、春花の背中が強ばる。美砂が雪人に向けている悪意の一端が、垣間見えたような気がした。

「遊馬さんの旦那さんは、裕福だけど、よくない家庭環境で育った人だ……って岩川さんは言っていた。だから性格が歪んでて、美人で素直な年下の女の子を無理矢理言いくるめて、奥さん扱いして……そういうお遊びで息抜きしてるやつなんだって」

春花は、眉間にしわを寄せて青山の話を聞いた。

一年もの間、春花が自立して幸せになれるようにと見守ってくれた雪人は、そんな人間ではない。何のメリットもないのに春花を守ってくれて、成人式には、実の親でも無理なくらいの素敵な振り袖まで作ってくれて……

だが、いくら言葉を重ねても、雪人との間の真実は、青山には伝わらないかもしれない。

「それで岩川さんに、仕事で困ってる遊馬さんを助けて……口説いて、落としちゃえばいいって言われたんだ。親身になって助けて、遊馬さんのことを好きだって言い続ければ、落とせるって。岩川さんも、上手く遊馬さんに揺さぶりを掛けてあげるからって……」

思いも寄らぬ言葉に、春花は言葉を失った。

──私を……落とす？　青山さんが？　口説くとかそういう意味だよね？　どうして？

険しい顔つきになった春花に、青山が力なく首を振った。

「ごめん。俺、遊馬さんが好きだったんだよ。だけどさすがに、そんな手は汚すぎるから断った。断った……けど……色々考えていたらわけがわからなくなって。遊馬さんの手助けをしてしまったら、岩川さんのもくろみ通りじゃん、とか、俺は本当に、遊馬さんを諦めて普通の先輩として振る舞えるのかとか、本当に、好きな子が悪い男に騙されてるのかもしれない、とか……。余計なことばっかり考えて、遊馬さんのことを避けてた……。本当にごめん」

頭の中が真っ白になって上手く言葉が出ない。

──好きって……なんで……そんな……

動揺した春花は、手にしたカフェオレをこぼしそうになって、慌ててカップを置く。

懸命に頭を巡らせ、言うべき言葉を探し、春花はようやくゆっくりと口を開いた。

「あの……私は、青山さんにすごくお世話になって、感謝してます。心配してもらったことも、ありがたいです。だけど……会社では……恋愛とかじゃなく仕事をしたい、です……」

衝撃的な告白に動揺が治まらず、言い終えると同時に、目に涙がにじんだ。

だが、他にも言わねばならないことがある。息を整え、春花は嗚咽をこらえて言った。

「ありがとうございます。事情を教えてくださって。私の勤務態度に呆れて見放した、とかではなかったんですね」

「ごめん」

青山が顔をゆがめてうつむいた。春花はなんと言おうかまた考え、口を開いた。

「私は……岩川さんに何をされても気にしないので、青山さんには普通に接してほしいです」

他に言うことは何もないし、好きと言われても応えられない。心は痛いが、どうしようもない。

そっと息をついて、春花は立ち上がった。

「失礼します」

頭を下げ、春花は青山に背を向ける。

青山は悪い人ではない。春花に本当のことを教えてくれたのだから。

けれど、美砂は何を考えているのだろう。青山を焚きつけ、雪人から春花を奪ってしまえとそのかすなんて。

青山も辛かっただろう。

今までと同じように春花の面倒を見れば、美砂の提案に乗ったことになるし、反対に春花に冷たくすれば、罪悪感に駆られて仕事にまで支障をきたしてしまう。

そして美砂は、青山と春花がどうなろうと、何一つ傷つかない。美砂が青山に妙な提案をした証拠はないのだ。だから、彼女は何があっても知らん顔で手を引ける……

春花の脳裏（のうり）に、じわじわと美砂から向けられた悪意が広がっていく。

――怖い人だな……。雪人さんが関わらなくていい、って言ってた理由、わかる気がする。

春花は店の外に出て、冷たい空気を吸い込む。

――岩川さんが、青山さんを焚（た）きつけていたなんて。それに、私を好きとか、どうしよう……。ううん、会社は仕事をする場所。余計なことは考えちゃだめ。

どんどん明瞭になっていく悪意の輪郭が、圧倒的な重みを伴って春花にのしかかる。

――岩川さん、一体何がしたいの。もしかして、雪人さんを取り戻したいの？

そんなのは絶対に嫌だ。たとえ年下で頼りなく、今は役に立てていないとしても、雪人の奥さんは自分なのだ。

青山と別れた後、駅に向かって走っていた春花は歩調を緩（ゆる）め、リュックからスマートフォンを取り出した。

――帰る前に、岩川さんに話をしよう。青山さんまで巻き込んで……放っておけないよ。

春花は、美砂宛にメッセージを入力した。

『お話ししたいことがあります。お時間いただけますか』

返事はすぐに帰ってきた。

『いいわよ、今どこにいるの？』

春花は再び返事を打ち込む。

『会社の近くのビルです。青山さんに全部聞きました。何をしたいのか教えてください』

息を呑んで反応を待つ春花の目に、返信のメッセージが飛び込んでくる。

『わかりました。私もその近くにいるので、カフェで待っていてください。場所は……』

言い訳すらしない美砂の態度に、改めて底知れないものを感じる。この人は、怖い人だ。あっさり言いくるめられてしまった、と言っていた青山の言葉がよぎった。

――岩川さんに流されないようにしなきゃ！

意を決して、待ち合わせの場所めがけて歩き出す。

指定された高級ホテルのラウンジカフェは、しゃれた格好の人たちが談笑していた。ジーンズにリュック姿の春花はちょっと場違いだが、仕方がない。スマートフォンを見ると、二件連絡が来ていた。

一件は美砂からで『ごめんなさい、オフィスを出るときに引き留められてしまいました。今から行くので、あと三十分ほど待っていてください』というもの。

そしてもう一件は雪人からで『今日は定時に帰ってくるのでは?』というものだった。

——もう……心配性なんだから……。

だが最近は、過保護なだけではないとわかってきた。雪人は、春花が『早く帰る』と予告したので、自分も早めに帰って、楽しみに待っていてくれるのだ。

春花は微笑んで、ロビーの隅から雪人に電話を掛けた。

『春花?　今どこにいるんだ?　今日遅くなりそうなら夕飯を買っておこうか?』

雪人の言葉に、春花は一瞬戸惑いつつ正直に答える。

「やっぱり岩川さんに変なことされてたから、呼び出して話し合いするの。ちょっと遅くなるけど、待ってて」

電話の向こうで雪人が言葉を失った。

今回の行動が春花の暴走に近いという自覚はある。叱られる前に話を終えようと、春花は早口で言った。

「九時前には帰れると思うから。ごめんなさい、じゃあ……」

『今どこにいる?』

その深刻な声に、春花は少し迷った末、正直に告げた。

「会社の側のホテルの、カフェみたいなお店。場所は……」

春花が店名を言い終わると同時に、雪人が言った。

『俺も行く』

「大丈夫。ごめんなさい。たいした話はしないと思うから……」

『美砂はもう来てるのか?』

「あと三十分くらいで来るって……」

『俺からも話があるから、引き留めておいてくれ』

そう言って、一方的に電話は切れてしまった。

これからどうしよう、と思いつつ、春花は指定されたラウンジカフェに入り、とりあえずオレンジジュースを注文する。

——私は岩川さんのこと何も知らないから、話し合いするには不利かも……。青山さんにまで変なことをけしかけてたなんて、怖い人だと思うし。でも頑張るしかないよね。

緊張しながらスマートフォンを弄(いじ)っていたら、予定していたよりも早く美砂が駆け込んできた。

「ごめんなさい、お待たせして。私が自分の場所に近いお店を指定したのに……!」

美砂は息を弾ませていた。高価そうなハイヒールなのに、小走りでやってきたのだろう。本当に待たせて申し訳なかった……という態度が全身からにじみ出ている。

美砂はこういうところが不思議だ。振る舞い自体はいつも誠実で穏やかで……だから、周りの人は決して美砂を悪く言わない。

春花だって青山の話を聞いていなかったら、今回の黒幕が美砂だと断定はできなかっただろう。

「あら、ジュースを飲んでいたの？　他に何か食べたら？　ごちそうするわ」

「いいです。そんなことより、なぜ青山さんに変なことを言ったんですか？」

メニューを見ていた美砂が、不思議そうに顔を上げる。

「なぜって……雪人君はあんまりいい人じゃないから、何も知らない貴方が可哀相だと思って」

美砂は悪びれるでもなく、申し訳なさそうでもなかった。感情を昂らせてもいない。そのことがますます不気味さを感じさせる。

「すみません、コーヒーお願いします」

やってきた店員に飲み物を頼み、美砂は春花に微笑みかけた。

「雪人さんは悪い人じゃないです」

きっぱりと言いきった春花に、美砂は穏やかな表情で頷き掛ける。

「ええ、悪い人じゃないわ。普通の女の子が、旦那さまにするにはいい人じゃない、っていうだけ」

美砂の濡れたような黒い目が、じっと春花を見つめる。吸い込まれそうで、怖い。やはり彼女は底知れない何かを抱えている。春花は、そう直感した。

「ねえ知っている？　春花さんの王子様は、お城の形をした牢獄で育った可哀相な人なのよ」

牢獄、という単語の異様さに春花は息を呑む。

「なのに、同じような牢獄で育った私を見捨てて、自分だけ幸せな場所に行ってしまったの。狡いわ……私、雪人君なら、私と同じように苦しみ続けてくれるかと思っていたのに」

長いまつげに縁取られた漆黒の瞳が、ふと陰りを帯びた。

「私の家は、五年くらい前に破産したの。岩川家の屋台骨だった建設会社が、父の経営判断のミスで傾いて、それがきっかけで……。だから、せめて父個人の経済面は私がビジネスマンとして成功して、一生を掛けて支援しようと思っているのだけど、断られたわ。どうしてだと思う？」

突然問われ、春花は慌てて姿勢を正す。

そんなの、決まっている。

親は子どもに『一生を掛けて面倒見てくれ』なんて言わない。

大切な娘に負担を掛けたいなんて、思うはずがないからだ。

「きっと、岩川さんの足手まといになりたくなかったからです。だって、お父さんだから」

しかし美砂は、春花の答えに肩をすくめただけだった。

「違うわよ。父は娘の稼いでくる金銭なんかどうでもいいの。父が私に望むことは一つ。遊馬家の次期当主に嫁いで、岩川の血を引いた跡継ぎを産んで、父を『遊馬の当主の祖父』という立場にすることだけなのよ。私個人の努力や誠意なんて、父は必要としていないの」

意味が全くわからない。美砂はいつも明晰に喋る人なのに、今、彼女が口にしているのは、春花には理解できないことばかりだ。

美砂が運ばれてきたカップに手をかけ、低い声で言った。

「私も頑張ったのよ。外資系企業の法人営業部で売上トップになって、日本法人からアメリカ本社への異動を志願して、日本人初のパートナーになったの。結構すごいと思わない？　アジア人なんて、見えないところでめちゃくちゃ嫌がらせされるのよ」

美砂が楽しげに笑い出す。ひどく場違いな笑い声だった。ひとしきり笑ったあと、彼女は春花を見つめて小首をかしげる。

「だけど私、父には褒めてもらえなかったわ。むしろ、アメリカになんか行っていたから、雪人君に婚約を解消されたのだと殴られた。お金だけ取られて殴られて……。でも私、岩川の跡継ぎだから、父に認められないといけないの。ねえ、春花さん」

美砂が、華奢な手をひらひらと振る。

「雪人君を私にくれない？　要らないでしょう、貴方の可愛らしさと明るさを、自分の人生の娯楽として利用する男なんて」

春花はごくりと息を呑む。

違う、彼は私の大事な旦那さんです、と言おうとしたのに、喉が張りついて声が出なかった。そんな春花に、美砂がたたみかける。

「春花さんは知ってる？　雪人君がお父様に捨てられた話。彼はそんな話、貴方にしたりしないわよね？　だってみじめな過去を知られたら、貴方の王子様でいられなくなるもの。……雪人君のお父様は、子どもだけ作る契約で、無理矢理、遊馬の家に連れてこられた弁護士さんなの。お母様も遊びがお好きで、全く自分を抑えられなくて、お薬の飲み過ぎで亡くなったんだったかしら。それでも周囲は、雪人君に『完璧な跡継ぎであれ』って要求するばかりだったのよ。そんな苦しい人生を送っていたら、春花さんみたいな可愛い子に依存したくなるわよね」

淡々と語られる言葉に、春花の身体が震え出す。

雪人はそんな過去の話を、一度も春花にしなかった。

だが、それは別にいい。隠し事をされたなんて思わない。今の彼が幸せそうに笑っていてくれれば、春花は満足なのだ。

「それでもいいです」

春花の言葉に、美砂が目を丸くする。

「どういう意味……？　雪人君がどんな人か説明したけれど、聞いていたの？」

「私は、雪人さんの過去の話を、今初めて知りました。だけど、それを怖いとか嫌だとか、そのせいで歪んだ人になっているとか、思わないです」

もし雪人が運悪く、過去にとても苦しんだのであれば……暗い色の過去は、明るい色の今で塗り潰していけばいい。

そうやって日々を重ねていけば、いつか人生は、素敵な色になるはずだ。

もちろん美砂にも、色々と辛い現実があるのかもしれない。

だが腹いせのために、雪人の人生を暗い色に塗り潰そうとするなら、許せない。

「岩川さんの話が本当なら、私は、これから雪人さんには楽しく過ごしてもらいたいです。私の存在が娯楽だと感じるなら、それでいい。私、雪人さんが楽しそうだと嬉しいから」

美砂が、表情を変えずに言った。

「私は面白くないの。私と同じ場所にいた雪人君が、一人だけ幸せになるなんて理解できない。どうして？　家のために苦しむのが私たちの人生で、私たちの義務でしょう？」

まるで話が通じない。

美砂は綺麗で誠実な人間かもしれないが、一ヶ所だけ歪んでいる。雪人に向ける感情だけがおかしいのだ。

「雪人君は私の仲間なの。あんな男、大嫌いだけど、仲間はあの人しかいないのよ。貴方はそんなことないでしょう。青山君だって、恋心丸出しで貴方を見てたわ。貴方ならきっとこれからの人生、まともな人に愛されて、幸せに暮らせるはずよ」

首を振る春花に、美砂が優しい声で言った。

「私も一人で地獄に落ちるのは寂しいの。だけど普通の人を巻き込むのは耐えがたいわ。雪人君ならいいのよ。遊馬家の存続のために生きていればそれでいい人なんだもの。……私と一緒なのに、狡い。一人だけ幸せに……なんて狡いと思う」

春花は、完璧な笑みを浮かべた美砂を見つめた。まるで、巨大な城壁に向かって拳を繰り出しているようなむなしさだ。春花はジュースを一口飲んで、ため息をつく。

――岩川さんは、こんなに綺麗で、頭もよくて、誰からも信用されているのに……なんでそんなことにこだわるの？　どうして、健康に生きているのに……自分の人生に集中しないの……？

たぶん、彼女には何を言っても聞き入れてはもらえないのだろう。むしろ、雪人に自分の鬱憤をぶつけたい、という歪んだ悪意だけが、美砂を支えているのかもしれない。

――私の話なんて、たぶん一生通じない……

春花は彼女に自分の意思をぶつけるのをやめ、突き放すことにした。今、春花に必要なのは、美砂から遠ざかることだ。

「岩川さんは、それでいいんですね。苦しいのが好きならそのままでいいと思います」

予想外の言葉を聞いた、とばかりに、美砂が小首をかしげる。

「私は雪人さんには幸せで楽しい気持ちでいてほしい。だから岩川さんと距離を置きたいです。会社だって辞めてもいい。貴方の側にいたくないです。一番優先したいのは夫なので」

「雪人君とは一緒にいない方がいいのよ。不幸をまき散らす存在なんだから……私と同じで」

美砂の言葉に、春花は首を振る。

「いいえ、違います。雪人さんは私を幸せにしてくれたし、今が幸せって言ってくれます」

「……勘違いよ。ありえないわ……雪人君が幸せになれるなんて……じゃあ、私は……？」

春花の強い口調に、美砂の視線が、初めて揺れた。そのときだった。

不意に背後に人の気配を感じる。そこには、息を弾ませた雪人がいた。彼は春花を立たせ、美砂から庇うように抱き寄せて低い声で言う。

「美砂、春花に何をした？」

「……別に」

美砂が無表情に応え、手にしたカップからコーヒーを一口飲んだ。

「君ほどに頭の回る人間が、無意味な行動をするはずがない。なぜ春花に近づいたんだ」

「だから、別にたいしたことじゃないわ。貴方は歪（ゆが）んだ環境で育った間違った人間でしょう？　だから、春花さんにはふさわしくないって教えてあげただけ。だって、家系と財産の保持のために無理矢理作られた人間なんて、誰も幸せにできないのよ」

雪人は、美砂の言葉に一瞬顔をしかめた。しかしすぐに気を取り直したように、春花の肩を抱く手に力を込め、明晰（めいせき）な口調で答える。

「……いや、俺はこれからは幸せになろうと思ってる。自分の人生の色は、納得できる色になるまで、自分の力で塗り潰し続ける。君が何を考えているか知らないが、春花を汚さないでくれ」

「汚す？」

美砂が子どものような口調で雪人の言葉を復唱した。

「私、汚れてるの？」

言い終えた美砂が、ようやく理解したかのように眉をひそめた。

「酷い言いようね」

確かに、酷い言葉だ。自分が言われたわけでもないのに春花の身体まですくんでしまう。

雪人は美砂をじっと見つめ、小さく頷いた。

「君は昔からずっと、父親や実家の看板に歪（ゆが）まされていた。俺も同じような人間だったから……わかる。だが、その歪（ゆが）みに春花を巻き込まないでくれ」

その言葉に、美砂が形のいい目を大きく開く。雪人は軽く息をつき、そのまま美砂に背を向けた。

「帰ろう、春花」

春花は何も言えずに美砂を振り返る。美砂が突き飛ばされた子どものようなうつろな目で、雪人に向かって言った。

「どうして……そんな顔をしてるの？　雪人君、別の人になったみたい……」

美砂の声はかすかに震えている。

だが雪人は何も答えないまま、足どりを速めた。

春花は美砂をもう一度振り返り、雪人の横顔を見上げた。

——岩川さんは……私と違う形で雪人さんに執着していたのかもしれない。自分と同じように不幸な人間でいてほしいって。恋愛とかじゃなく、もっといびつな……

理解した瞬間、春花の背筋に震えが走った。

——だめ。雪人さんは幸せになってほしい！

春花の脳裏（のうり）に、翻（ひるがえ）る鯨幕（くじらまく）が浮かぶ。そして、孤独な葬儀の会場で、へたり込む春花に差し伸べてくれた手を思い出す。

この人は、優しかった。この人だけが、本気で春花を助けようとしてくれた。

身寄りのない若い女の子を家に住まわせるなんて、悪く言われないはずがないのだ。

だが彼は、何も言わず、あのときの春花にとって一番いい方法を選んでくれた。落ち着いた家に住まわせ、学校に通わせて。成人式も他の子に負けないくらいちゃんとお祝いしてくれたのだ。……春花には何も求めずに。

――これからは、私が守ってあげなきゃ。

春花は雪人の腕に自分の手を絡め、もう一度雪人の横顔を見上げた。急に腕にしがみつかれて驚いたのか、雪人が目を丸くする。

「どうした？」

「私が絶対守ってあげる。岩川さんが何を言っても聞かないで。あの人に嫌なことを言われたら、私がその百倍楽しい話をしてあげるから」

雪人が首をかしげ、かすかに表情を曇らせる。

「……美砂に何か聞いたのか、俺のことを」

「聞いた。昔の雪人さんは、家の問題で色々大変だったんだって。だけど……あの……」

春花は言いよどむ。自分の感じたことをどう言葉にしていいかわからない。

辛い過去があったのだとしても、今春花の目の前にいる雪人は、優しい人だ。過去は雪人をゆがめてなどいない。

語彙力のなさに泣きたくなりつつ、春花は小さな声で言った。

「わ、私は、雪人さんが好き。すごく大好きだから……世界一幸せにしてあげたい」

言ってしまって、恥ずかしくなる。

案の定雪人は、おかしそうに笑っているではないか。

――もっとしっとりした素敵なことを言いたいのに……！

への字口になった春花に、雪人が柔らかく微笑みかける。

「俺もだ。俺も春花が好きすぎて……何としても幸せでいてほしいと思ってる」

突然囁(ささや)かれた甘い言葉に、春花の心臓が大きく鳴った。

「だから、一人で冒険をしないでくれ。美砂は知恵が回るから、君にどんな嫌がらせをするか、気が気じゃなかった」

雪人の言葉に、春花の胸がちくんと痛む。余計なお世話かもしれないが、美砂が最後に見せた呆然とした表情が、気に掛かる。

――岩川さんは、雪人さんを、同じ地獄にいる仲間だって言ってた……あの人は、そんな場所から逃げようと思わないのかな……

春花の心に、父の優しい笑顔がよみがえる。春花は運よく、素晴らしい父に大切にしてもらえた。子どもが親を選べないことも理解できる。だが……

――自分で選んで積み上げた経験が、人生の色を決めていくって、お父さんはそう教えてくれた。岩川さんはあんなに綺麗で頭がよくて……だから、明るい色で、人生を彩(いろど)れるはずなのに。

そう思うと、切なくなる。

黙りこくる春花を、雪人が不思議そうにのぞき込んだ。

「どうした？　疲れたか？」

春花は慌てて顔を上げ、首を振った。

美砂の事情に、他人の春花がずけずけと踏み込んではだめだ。

だが……いつか、美砂の手にも、明るい色の筆が握られていることに気づいてほしいと思った。

美砂と別れて家に帰ったあとも、雪人は、美砂のことは口にしようとしなかった。

春花も同じだ。雪人にくっついていられれば、それで心が満たされる。

床にぺたんと座り、ソファに腰掛けた雪人の膝に頭を乗せていると、穏やかなぬくもりが伝わってきて安心する。

——私、本当に、雪人さんが幸せでいてくれれば、他のことは後回しでもいいや。不思議だなぁ……こんな気持ち、生まれて初めてかもしれない。

春花は膝の上に頭を乗せたまま、雪人の顔を見上げた。

「どうした？　デザートもほしいか？」

「ううん、もう十時だから。太っちゃうからいい」

その言葉に雪人が噴き出す。

「それはそれは、大人になられたことで。前なら『デザートあるの？』って叫んで、冷蔵庫に走って行ってたのにな」

からかうような口調に春花は膨れてみせたが、すぐにおかしくなって、一緒に笑った。

――まだちょっと子ども扱いされてる……ま、いいか。私は雪人さんの奥さまだもん。もし何かあったら、本当に私が養ってあげるつもりだし……家は狭いアパートとかになっちゃうかもだけど。

そう思いながら、春花は目を閉じた。

「春花、そこで寝るなよ。風邪引くから」

「寝ないよ。幸せを味わってるだけ」

そう答えると、雪人は再び笑って、大きな手で春花の髪を撫でる。

ふと、春花は思った。

もし天国の父と母にメールを一通だけ書けたなら、今とても幸せだと送りたいな……と。

父と母が春花を心から愛してくれたように、春花にもまた、大切な愛する存在ができたのだと伝えたい。

気づけば、春花はじっと雪人の顔を見つめていた。雪人も書類を置いて、春花を見ている。

春花は起き上がり、雪人の頬に手を伸ばした。

「どうした？」

静かに聞かれ、春花は膝立ちになって彼にキスをする。

好きでたまらなくて、キスしたくなったのだ。でも……やはり恥ずかしかったかもしれない。

雪人は驚いたように一瞬動きを止めたものの、春花の顎を摘んでキスを返してきた。

交わし合うキスがだんだん激しくなる。雪人の片手が背中に回り、春花を閉じ込めるように抱き寄せた。

かすかな音を立てて舌先を絡め合いながら、春花は潤んだ目で雪人を見つめる。

「まだ食べ足りないのか」

冗談めかした雪人の問いに、明らかな情欲の匂いがにじんでいる。春花は無言で頷き、彼の首筋にぎゅっと抱きついた。

「うん……足りない……」

「こら、いつそんな返しを覚えたんだ？」

雪人がくすっと笑い、再び春花の唇を奪う。先ほどまでとは違う、貪るような激しい口づけ。春花の身体の芯が、かすかに熱を帯び始めた。

無我夢中の口づけを終え、雪人がそっと顔を離した。

「部屋に行こう」

雪人の肩に顔を埋めて、春花は頷く。

もつれ合うようにして寝室に向かい、ベッドに押し倒された春花は、再び唇を奪われる。

不思議だ。いくらキスしても、足りないような気がする。

下腹の奥に宿り始めた熱を持て余しながら、春花はそっと、雪人の広い背中に手を回した。

雪人の体温をすぐ側で感じるたび、息が弾む。

彼の匂いも息づかいも身体つきも、いつの間にかしっくりと春花の身体になじんでいた。

ひとしきり口づけを交わしたあと、雪人が半身を起こし、服を脱ぎ捨てる。

淡い光の中に、無駄のない身体のラインが露わになる。

彼が、春花の服に手を掛けた。ゆっくりと脱がされるのがもどかしい。羽織っていたネルシャツとキャミソールを引き剥がされ、ぶかぶかのデニムを脚から抜かれる。

ショーツに手を掛けようとした雪人が、ふと悪戯っぽい笑みを浮かべて、春花の腿にかぷりと歯を立てた。

「やぁ……っ！」

突然の刺激に、春花は背筋を反らす。むき出しになった胸を両手で覆い、春花は慌てて抗議の声を上げる。

「どこかんで……っ」

「痕(あと)をつけたいんだ。君は最近色っぽくなりすぎているから、独占の印(しるし)に」

「……っ、あ、何言って……っ……だめぇ……っ」

春花の懸命な抵抗など聞こえないふりをして、雪人が再び内股に歯を立てた。

かすかな痛みに、なぜか再びお腹の奥がずくんと疼(うず)く。

「なんでかむの……っ……ばかぁ……」

半泣きで訴える春花に、雪人が軽い音を立てて、柔らかな皮膚を吸う。

「あ……!」

雪人のさらさらした髪が、春花の内股に触れた。

これ以上声を漏らさないようにと唇を覆った瞬間、再び彼が、今度は反対側の脚の内股に歯を立てる。

──ほんとに、何して……

春花は戸惑い、頭を持ち上げた。

日に当たらない白い肌に、小さな痕(あと)が点々と散っている。

歯形とキスマークだ。白と赤紫のコントラストがたとえようもなく淫靡(いんび)に見えて、何も言えなくなった。

「綺麗な肌だな。……ちょっとやり過ぎた、ごめん」

雪人が身体を起こし、春花のショーツを引きずり下ろして、脚から抜き取る。

いつの間にか取り出していた避妊具を素早く装着し、雪人は春花の身体に覆い被さった。

「あまり男を煽るようなことばかり言うなよ、君は、自覚なしなんだから」

「な、なんの……自覚……」

「鈍いってことだ。自分がどれだけ周りを惹きつけるのか、春花は全然気づいてない」

「そ、そんなこと……ん……っ」

片手で春花の手首を押さえつけ、雪人がかみつくように唇を重ねてきた。

熱を帯びた舌が、春花の舌先を執拗に嬲る。

同時に彼の指先が、冷えた空気に硬く尖り始めた乳嘴に触れた。

「ん、ん……っ」

舌先を絡められ、片方の胸の先をやわやわと弄ばれるうちに、脚の間の泥濘にぬるい雫が満ちてきた。

「んぅ……ふ、う……」

春花の身体が、雪人の身体を求めて甘くほころび始める。

「……本当に、綺麗だな」

唇を離した雪人が、春花の身体を組み敷きながら呟く。そのまま彼の頭が下におり、鋭敏になった乳嘴(にゅうし)を吸い上げた。

「あぁ……っ！」

軽く吸われただけなのに、春花の身体がビクンと跳ねる。

全身の神経が、胸に集中してしまったかのような衝撃だった。

「あ……あ……だめ……そこ、だめぇ……」

巧(たく)みにベッドに縫い止められたまま、春花は身体中を駆け巡る掻痒(そうよう)感を必死でこらえる。

雪人の舌が、果実のように赤く色づいた胸の先端をそっと転がす。

舌先が軽く触れるたび、春花の唇から抑えようのない声が漏れる。

「あん……っ……あぁ……っ、ゆきひと、さ……あぁん！」

春花の目尻から、つっと一滴の涙が落ちた。

身をよじった瞬間、雪人の右手が、春花の秘めた茂みへと伸びる。

そして春花の反応を楽しむかのように、小さく立ち上がった粒に触れた。

「きゃぁっ！」

思わず脚を閉じようとしたが、雪人の身体が割り込んでいて閉じられない。

濡れた秘裂をゆっくりと押し広げ、くちゅりと音を立てて指を沈めながら、雪人の唇が再び胸の先端を吸い上げる。

「ひぁ……だめ……あぁ……っ」

胸の先を吸われるたびに、蜜路の奥をまさぐる指をぎゅっと締めつけてしまう。恥ずかしい音が響き、春花の肌にうっすらと汗がにじみ始めた。

「おねが……もう、ゆるし……あぁん……っ！」

雪人が押し込んだ指をくるりと回した刺激で、蜜があふれ出す。唇はまだ、胸を弄ぶのをやめてくれない。

「ふつうにして、あ……っ、あ、やぁ……っ！」

春花は耐えがたい快感に腰を浮かせ、雪人に懇願した。じゅっとひときわ大きな音を立てて乳嘴を吸われ、春花はのけぞる。

「……何をしてほしいんだ？」

ようやく顔を上げた雪人が、意地悪な質問を投げかける。気づけば春花の顔は、にじんだ涙で濡れていた。

「普通に……っ」

羞恥に頬を染めて答えたが、雪人は許してくれない。

「普通にどうするんだ？」

ちゅく、と音を立てて、雪人の指が抜ける。その手で再び、和毛(にこげ)に隠れた花芽をつつきながら、雪人は言った。

「何をしてほしいのか言ってくれ」

「……っ、あ……挿(い)れて……ほし……っ」

切れ切れの声で、春花は懇願(こんがん)した。こんなことを言うのは恥ずかしいけれど、お腹の奥が燃え上がりそうで、苦しくてたまらない。

雪人が春花の手首を離し、優しいキスをした。

彼の肌は温かくて、滑(なめ)らかで、触れるだけで春花の身体が溶けてしまいそうだ。

雪人がそっと春花の膝に手を掛け、脚を開かせた。

蜜のあふれる入り口に、彼の剛直の先端が押しつけられる。

春花は彼を受け入れようと、自分から脚を大きく開いた。

圧倒的な熱塊が、春花の身体に押し入ってくる。

幾度貫(つらぬ)かれても、その大きさに違和感と戸惑いを覚えてしまうことは変わらない。

「く……」

秘めた場所を開かれる苦しさに、春花は小さく声を上げた。

なだめるような軽いキスが、春花の額(ひたい)に降ってくる。

蝶がとまるようなキスに、安心感がこみ上げた。

春花の身体から力が抜けたのを確認し、雪人がさらに深い場所へと己を突き入れる。

熱い楔を全て呑み込み、春花は潤んだ目で雪人を見上げた。

――あったかい……大好き……

手を伸ばして、すぐ側にある顔を引き寄せる。

唇が重なった瞬間、身体を穿つ肉杭が不意に動いた。

「ああ……っ！」

快感が、春花の下半身を舐め上げたように感じる。

彼自身を包み込む濡れた粘膜が、突然の刺激にざわめき立つ。

「そんな可愛い声を出されると……手加減できなくなるんだけどな」

雪人が独り言のように呟きながら、一度ギリギリまで抜いた肉杭を、音を立ててゆっくりと突き入れた。

荒い呼吸を繰り返しながら、春花は雪人の背中を抱き寄せる。

腕の中にある逞しい身体が、とても愛おしい。

お互い、誘われるように幾度も唇を重ねながら、隙間がなくなるほどにぎゅっと抱き合う。

やがて、ゆっくりだった雪人の動きが、少しずつ激しくなってきた。

淫らな蜜音が増し、彼を受け止める器官が疼いて火照り始める。

「は……あん……っ！」

春花は思わず、ぎこちなく腰を揺らしてしまった。

「あっ……あ……んっ」

雪人の抱擁の激しさに目がくらむ。

潰れるほどに抱きしめられ、春花は足の指を小さくひくつかせた。

ベッドがぎしぎしときしむ音を立て、春花の身体が上下に揺すられる。

雪人の汗に濡れた髪を無意識にまさぐりながら、春花は震える脚を、雪人の腰に絡めた。

「……っ、あ……これ、気持ちいい……っ」

「これは？」

雪人がかすかに乱れた息の下で、そう尋ねる。

同時に、激しい快楽に立ち上がった花芽を、彼の指が摘み上げた。

「やん……っ！」

昂る剛直をくわえ込んだ蜜口が、雪人のものをぎゅうっと締め上げる。

突如襲った快感に下腹部が波打ち、熱い蜜がどっとあふれ出した。

「あ……いれてるのに……だめ……あぁ……っ！」

くちゅくちゅと音を立てて、突き立った陰茎が円を描くように動く。同時に、指先で鋭敏な花芽に繰り返し刺激を与えられ、目の前がクラクラしてきた。

「やぁーっ……だめぇっ……あぁん……っ！」

濡れそぼったそこが、淫(みだ)らな音を立てて雪人に絡(から)みつく。

春花はぼろぼろ涙をこぼしながら、子どものように雪人に縋(すが)りつき、首を振った。

「いやぁ、そこっ、ひ……ッ！」

「嫌じゃないだろう？　びくびく言ってる……気持ちがいいと言い直して」

「……っあ、無理……っ、あぁ……」

雪人の腰に絡(から)めた脚が、抑えようもないくらい震え始める。

「言い直してごらん、春花」

雪人が、小さな花芽をぎゅっと押した。

「あぁ……ッ！」

剛直で満たされた蜜路が、びくびくと震える。

「いいんだろう？」

「……あ……あぁ……っ、いい……っ」

ようやくそう答えた刹那(せつな)、雪人の舌が、春花の涙を舐め取った。

「可愛いな……春花が感じて泣く顔、怖いくらい可愛い」

言葉と同時に花芽を弄(もてあそ)んでいた手が離れる。

「こんなに濡らして、春花」

大きく息を吐き、雪人がますます硬くなった楔（くさび）を、さらに奥へ押し入れた。

「う……っ……」

快感が昂（たかぶ）り、抑えようのない塊（かたまり）となって、春花の身体にわだかまってゆく。

「ああ……可愛い……君が可愛すぎて、俺はおかしくなってる」

引き締まった胸を上下させ、雪人が独り言のように呟く。

形のいい目は、春花の目をじっと見つめていた。

「君は、いつからこんなに色っぽくなったんだろうな」

春花を貫（つらぬ）いたまま、雪人がゆっくりと身体を起こす。

彼の腰を挟み込んでいた春花の脚が、ベッドの上に落ちた。

どこもかしこも火照（ほて）った春花の身体に視線を送りながら、彼は春花の肌に指を這わせる。

「……ぁ……っ」

くすぐったさと、それ以上の性感に戸惑いながら、春花は身をよじった。

これ以上気持ちよくされたら、どうにかなってしまいそうだ。

「見られるの……恥ずかしい」

性交の汗に濡れた肌を晒（さら）す恥ずかしさに、春花は枕の端を掴んで小さな声で抵抗する。

「どうして？　今は全部俺のなのに……」

雪人の指先が、ばら色に染まった乳嘴（にゅうし）を愛おしげにはじく。

「あん……っ」

衰（おとろ）えぬ剛直に貫（つらぬ）かれたまま、春花は半身をねじった。

「っ、見ないで……」

「君は本当に砂糖菓子みたいな身体をしている。どこもかしこも甘くて繊細で、可愛くて」

肌を執拗（しつよう）に撫で回しながら、雪人が陶然とした口調で言った。

いつもは色素の薄い彼の頬に、淡く色が乗っている。

逞（たくま）しい肩が激しい呼吸でかすかに揺れるさまが、雪人の興奮を伝えてきた。

春花は涙ぐんだまま、肌を味わうように撫で回す雪人の腕にそっと手を添える。

「雪人さんも……すごく……きれい……雪人さんは、いつも、きれい」

彼の男として完成した瑕瑾（かきん）ない肉体に目をやり、春花も一生懸命返す。

自分ばかり褒められるのはおかしい。雪人の方がずっと綺麗で素敵で、完璧なのに……

春花のそんな気持ちが伝わったのかはわからないが、雪人は、春花の手をぎゅっと握ってくれた。

「ごめん、春花。こんなに綺麗で可愛い君を、全部俺のものにして。独占したい」

その言葉に、春花は躊躇（ちゅうちょ）なく頷いた。

雪人に独占されるなら、大歓迎で、幸せで、嬉しい。

「……意味がわかっているのか?」

「わかってる」

春花の態度に雪人は笑い、再びゆっくりと覆い被さってくる。

「そう、それなら、遠慮なく、ずっと、俺だけの春花になってもらおうかな」

雪人はそう言うと、春花の身体を抱きしめた。

春花の頭に頬ずりし、こめかみにキスをして、緩やかな抽送を始める。

圧倒的な快感からしばし逃れていた身体が、再び一斉に目を覚ます。

「や……あ……」

一突きごとに、春花を貫く楔は硬く、熱く、逞しくなっていく。

「っ、あぁ……っ!」

春花の目から、新しい涙がこぼれ落ちた。

汗に濡れた熱い肌同士が、まるで溶けて一つになってしまいそうだ。

雪人と自分の境界線がわからなくなる。

痺れ始めた頭の芯が、ひたすら『雪人が好きだ』と繰り返している。

「……っ、すき……雪人さん、すき……」

音を立てて突き上げられながら、春花は唇を震わせて呟いた。

その言葉に応えるように、雪人が勢いよくキスをしてきた。

「春花……ごめん、もう」

激しい抽送を繰り返す雪人の声が、荒い息にかすれる。

灼熱に焼かれ、春花の下腹部が大きく波打った。

——ああ、もうだめ……

下肢を震わせると同時に、身体の中にわだかまっていた熱が一斉に弾ける。

押し流されるほどの快感に、春花の身体から、それ以外の全ての感覚が遠のいていった。

「春花……」

雪人が、強く春花を抱きしめながら、びくりと身体を揺らす。同時に、中を満たしていた鋼（はがね）のような剛直が、皮膜越しに熱欲を吐き出した。

抱きしめた大きな身体から、雪人の激しい鼓動が伝わってくる。

今この時間は、愛する人と何もかもを分かち合っているのだ。

そう思いながら、春花は雪人の唇に、自分の唇を押しつけた。

しばし唇を重ねたあと、雪人が、汗に濡れた笑顔で春花に言った。

「俺も春花が好きだ。好きになった相手に好かれる人生があって……本当によかった」

雪人の背中を抱きしめ、肩口に顔を埋（うず）めて春花は頷いた。

——大好き。私を助けてくれた人が、雪人さんでよかった……

指の先まで雪人への愛おしさで満たされながら、春花は静かに目をつぶった。

エピローグ

春花が『遊馬』の姓を名乗るようになってから、半月ほどが経過した。

高田は、春花が全員宛の『誤送信』メールを送った日から、なぜかプロジェクトを抜けている。

体調不良のため、ということだが、特にそれ以上の説明はなかった。

代わりに担当になったのは、高田と同じ課長職の女性だった。年齢も同じくらいだが、仕事ぶりはまるで違っていた。それにより、春花の仕事は嘘のようにやりやすくなっている。

今日彼女からきたメールには、こう書かれていた。

『来週のミーティングのあとに、サイトのプロトタイプを作りたいので、遊馬さんの写真を何枚か撮らせてください。服装とメイクはこちらで用意しますので、いつもの格好でいらしていただいて結構です。いよいよ本格始動ですね、よろしくお願いします』

春花は『アプリ企画・開発担当　Hさん』という名前で、新サービスのサイトに登場するのだ。

それほど目立つ立ち位置ではないのだが、ちょっぴり緊張する。

返事をしようとキーボードを叩き始めた春花は、傍らの気配に気づいて顔を上げた。

「今日、岩川さんが退院して、会社に顔出してくれるって。何か聞くことあったらまとめておいて」

明るい声で告げたのは、青山だ。あの謝罪の夜から、彼の態度は元の親切な先輩に戻った。

会社では仕事をしたい、という、春花の不器用な断りの言葉を受け入れ、誠実に振る舞ってくれているのだ。そのことを申し訳なくも、ありがたくも思う。

「もう、怪我は大丈夫なんでしょうか……頭を打ったって」

「うん、普通に歩けるし、問題ないって聞いたよ」

美砂は、あの口論の翌日に、家の中で事故に遭ったらしい。

転倒して頭を強打し、意識を失った状態で搬送されたのだ。頭蓋骨骨折という、かなりの重傷だったらしいが、不幸中の幸いで酷い後遺症は残らずに済んだと聞いている。

――あんな話をしたあとに大怪我なんて……不安になっちゃうよね。

そう思ったとき、美砂の姿が目に入った。しっかりした足取りで、春花たちの方に近づいてくる。

「おはよう、青山君、遊馬さん」

美砂の額(ひたい)には、ガーゼが貼られていた。転んだときの傷だろうか。

「ねえ、遊馬さん、ちょっとリフレッシュルームに行かない？　仕事の話があるから」

春花は身構えつつも頷いて、美砂に従った。

フロアの隅のリフレッシュルームで、立席テーブルに寄りかかった体勢で美砂が言う。

「遊馬さん、私、今のプロジェクトの一次リリースが終わったら、アメリカに戻ることにしたの。何かあったらメールやチャットでフォローする契約に変えたから、よろしくね」

唇を開きかけた春花の前で、美砂が何かを考えるように視線をそらす。

「しばらく日本には戻らないわ。父と少し離れるつもり。殺されかけたから」

「えっ……殺され……って……今なんて？」

物騒なセリフに言葉を失う春花に、美砂があっさりした口調で言った。

「殺されかけたの、父に。私ね、雪人君が一人だけ幸せそうで、本当に本当に、どうしようもなく腹が立ったのよ。なんで私だけこんななの……って。だからあの日、父からの『金を貸せ』っていうお願いを断ってみたの。そしたら口論になって、最終的には灰皿で殴られて、こうなったわ。もう、頭の骨を折ると大変なのよ……とにかく転げ回るほど痛いし。手術のあとはしばらくお手洗いにも行かせてもらえなくて。経過が悪ければ後遺症も残るかもなんて言われて、初めて、父と自分の人生に対して『ふざけるな』って思ったの」

そう言って美砂が、長いまつげをゆっくりと伏せる。
「……私、殺されかけるほどの罪なんて、よく考えたら一度も犯していなかったわ」
春花は無言で、その言葉に小さく頷いた。
そうだ。気づいてほしい。美砂の手にだって、明るい色の絵の具が握られていること
を。いつでも、自分の人生を明るい色に染め始めることは可能だということを……
「あ、ねえ、そういえば高田さん逃げちゃったわね。営業から怒られたみたいよ。遊馬
雪人の身内に何してるんだって」
「どういう意味ですか？」
「あの会社の営業マンは、雪人君の動向を必死にウォッチしてるの。雪人君が結婚した
相手が、どんな身元で、どこで働いているのかなんて、真っ先に押さえたい情報のはず
よ。雪人君が結婚指輪を嵌めるようになってすぐに、営業の上層部は、雪人君の婚姻関
係を把握したはず」
含みのある美砂の言葉に、春花は首をかしげてしまう。
「よく……意味がわからないんですけど……？」
困惑する春花の様子がおかしいのか、美砂は形のいい口元に笑みを浮かべた。
「雪人君は、あの会社のＶＩＰ顧客なのよ。高田さんの代理店は、遊馬グループから数
十億の売り上げを得ているの。ただ、高田さんはコネ採用で社内でも浮いている人だか

ら、彼の結婚情報を掴み損ねていたんじゃないかしら。遊馬雪人の妻にパワハラしたなんて、いくらコネ入社のお嬢様でも許されないわ。だから高田さん、怯えて会社にも来られないみたい」

――数十億？　えっ……規模が大きすぎてついて行けない……遊馬グループすごいな……

どこか他人事のように思ってしまった。

立ち尽くす春花に、突然美砂が優しく微笑みかける。いや、彼女のひねくれた性格を考えれば、優しく見える顔で、というべきだろうか。

「私、雪人君と結婚できなくてよかった。もう一度アメリカで、好きなようにやってみるから」

それだけ言って、彼女は春花に背を向けた。

人に散々迷惑を掛け、青山まで困らせたくせに、勝手な言い分のようにも思える。だが、今の言葉は美砂の心からの本音なのだろう。

命に関わるほどの怪我をし、彼女は充分に辛い思いをした。その上で『もう一度頑張る』という言葉を口にできたのであれば、よかったのかもしれない。

――今の、雪人さんに伝えろってことなのかな？　結婚しなくてよかったって……

何となくそう思いつつ、春花は美砂の細い背中を見送った。

相変わらず高いヒールを履きこなした足捌きは、いつもより軽やかに見える。春花の目には、その姿が、まるで鳥かごから放たれた美しい鳥のように見えた。

その日、帰宅して夕飯を作っていると、ごはんが炊き上がったタイミングで雪人が帰ってきた。

「お帰りなさい！」

「ただいま」

玄関に飛んでいくと、雪人は笑顔でマフラーを外しているところだった。

スーツ姿でびしっと決めている彼は、やはり格好いい。雪人に見とれてぼーっと玄関先で立ち尽くしている春花に、彼が軽く笑う。そして、春花の頭をちょんと小突いた。

「何見てるんだ。俺の頭にゴミでもついてるか」

「ううん、そのスーツ格好いいなと思って！」

春花の言葉に、雪人が驚いたように目を見開く。そして、仕方ないな、という表情で笑った。

「ありがとう。春花も毎日可愛いよ」

「本気で言ってる？」

答えの代わりに、雪人が身をかがめて、春花の唇にキスをしてくれた。冬の夜気に冷えた唇からは、かすかなオーデコロンの香りがする。

「着替えてくる」

そう言って歩き出した雪人の背中に向かって告げる。

「あのね、岩川さん、アメリカに戻るんだって。お父さんと離れるって」

「へえ……そうなんだ。まあいいんじゃないか。親父さんのところで燻ってるよりずっと生産的だ。美砂は、仕事だけは間違いなくできるしな」

「若いのにすごいよねぇ。外資系企業のパートナーだったって聞いたけど、パートナーって役員のことでしょ？　実力主義の外資系企業で役員なんて、超エリートでないとなれないんでしょう？　そんなに優秀なら何でもできるよねぇ……それにお父さんと離れたから、すぐ彼氏とか見つかりそう。美人だし」

春花の言葉に、雪人が足を止めてちょっと考え込む。

「まあな……俺も人のことは言えないが、三十七にもなって親父さんに抑圧され続けているのは、正直どうかと思ってた。自力であああいう呪縛からは逃れてもいいんじゃないかって」

「三十七？」

春花は目を丸くして、雪人の言葉を復唱する。

「えっ、待って……三十七って何の話？」

「美砂の年齢だが」

「二十七歳じゃなくて？　二十七歳の間違いだよね？」

春花は飛び上がりそうになった。

美砂の、しみもしわもない真っ白な肌に、シャンプーの宣伝に出てきそうなさらさらの髪、マネキンのような理想的な体格を思い出す。

まるでふらつかずに、いつも颯爽と九センチヒールを履きこなしている姿も、だ。

「あの経歴で、そんなに若いわけないだろう」

雪人が肩をすくめ、春花に背を向けて廊下を歩いて行ってしまった。春花はちょっとよろけつつ、リビングに戻って夕飯の膳を整える。

——三十七……？　いや、元から美人なのはわかるけど、あの綺麗さはお化粧とかでどうにかなるレベルでは……ないはず……

どうしても信じられない。ちょっと歳上のセレブなお姉様なのだとばかり思っていた。

——わ、私も負けてられない……三十七になっても、あのくらい綺麗でいたいな。

そんなことを思いつつ、春花はなんとか衝撃を呑み込んだ。

部屋着に着替えてやってきた雪人と共に手を合わせて「いただきます」を言う。そして、春花はちょっと焦げた白身魚の粕漬けを一口食べた。

「おいしい！」

「ああ、旨いな……ところで仕事の調子はどうだ。もう落ち着いたか」

春花の声に応えつつ、雪人が静かに尋ねてきた。

この前、春花が泣いてしまったので、心配してくれているに違いない。

「大丈夫。今は広告代理店の担当さんが代わったの。ドキュメントの書き方とかちゃんと教えてくれるし、意味のわからないことで一方的に罵倒されるのは全くなくなったよ」

「ならよかった。何かあったら、泣くほど追い詰められる前に俺に言いなさい」

「……慰めてくれるの？」

冗談めかして尋ねると、雪人が微笑んで答えた。

「ああ。俺のこの無愛想な顔で夜通し慰めてやる」

その答えに、春花の胸に温かいものが満ちる。

やっぱり自分は、雪人が好きで、好きで、大好きなのだな……と実感できた。

「……嫁を可愛がるのは俺の権利だからな。他の男の胸でなんか泣かせてやるか」

「な、何言ってんの……っ？」

思わず顔を赤くする春花に、雪人が真顔で続ける。

「君が懐いてたあのイケメンの先輩とか。ああいう男に、君が相談に乗ってもらってる姿を想像すると腹が立つ。俺は独占欲が強いんだ。誰かよその人間に慰めてもらう前に、俺に愚痴って、俺のところで泣いてくれ」

――何でそんなすごいこと言うの……？　嬉しいけど恥ずかしい……もしかして雪人さん、天然なのかな……？

頬を火照らせ、春花は雪人の顔をじっと見つめた。

この人は、どん底にいた春花を拾ってくれた美しい王子様で、今では心身共に結ばれた旦那さんなのだ。改めて……奇跡のようだ、と思う。

「ゆ、雪人さんこそ……もっと私に頼ってね。私、これからもっと仕事を頑張って、バリバリ出世する予定だから。ほんとに！　いざとなったら養ってあげるから」

「ふうん。俺の奥様はずいぶんと頼りがいがあるな。また、そんな可愛らしいことを言って」

雪人が声を上げて笑い出した。

可愛いと言われるのは嬉しいが、それで終わりにしてほしくない。本気なのだ。春花は姿勢を正し、できる限りしっかりした口調で告げた。

「まだ二十一歳の新人の分際で何言ってるんだ、って雪人さんは思うかもしれないけど、本気だよ。私、雪人さんが大好きだから。これから、貴方をいっぱいいっぱい助けたい」

その言葉に、笑っていた雪人が驚いた表情になる。

「……そうか。春花はこれからずっと、俺を助けてくれるんだ」

「うん、奥さんだから」

きっぱり答えると、雪人が、向かいの席から食卓越しに手を伸ばしてきた。端整な顔には、今まで見たことがないくらい幸せそうな笑みが浮かんでいる。

春花の小さな手に自分の手を重ね、彼は優しい声で言った。

「ありがとう、春花。俺は、君と一緒になれてよかった」

「これからもっともっと、よかったと思わせてあげる」

春花は雪人の言葉に頷いて、心の底からの笑みを浮かべたのだった。

書き下ろし番外編

お父さんとお母さんになって

――まさか、私がお母さんになるとは……

遊馬春花、もうすぐ二十四歳。

ハッと気づいたら一児の母になっていた。

無邪気に玩具（おもちゃ）のピアノを叩く赤ちゃんの後ろ頭を見ながら、春花はしみじみと思った。

――授かった頃に始まった雪人さんの会社のプロジェクトはまだ終わってないのに。

なっちゃんはお腹から出てきてピアノまで叩いてるよ……

娘の夏芽（なつめ）を産んだのは八ヶ月前だ。

妊娠中もぎりぎりまで働いていたので、出産までは光の速さで時間が過ぎていった。

体調が安定していたお陰で助かった。

ほっと息をつく間もなく子どもが生まれ、育児の大変さに呆然としていたら今日になっていた。

「あっまっまっま」

夏芽が何か叫んでいる。もしかしたら歌なのかもしれない。否、まだ歌を理解するほど大きくはないはずなのだが……

――なっちゃん、雪人さんに似てるから頭いいんだよねぇ。

この小さな可愛いピアノを雪人が買ってきたのが二ヶ月前。

『ピアノなんて、まだなっちゃんには遊べないよ。難しいもん』

なんて笑っていたのはつい最近、下手すれば一昨日あたりのことのように感じる。だが、現実は違うらしい。

――もう三月が終わるなんて……この前クリスマスだったよね？

夏芽は先週あたりからピアノに触るようになり、今は鍵盤ごとに違う音を鳴らすピアノに夢中だ。今も一人でお座りしてガンガン叩いている。

――この前生まれたばっかりなのに、もうピアノで遊んでいるなんて……すごいな、私がママなのもすごい……なんか呆然としちゃう。

春花は無我夢中でピアノを鳴らす夏芽を見守る。

真面目そうな横顔が雪人そっくりだ。

あまりに似ていて笑ってしまう。

――この八ヶ月……

色々あったなぁ、と思い出そうとしたが何も出てこなかった。

出産から今日までの記憶がほぼ飛んでいるのだ。

お宮参りとか、お食い初め（ぞ）とか、雪人の実父から『出産おめでとう』という葉書（はがき）が届いたこととか、大きな区切りはぼんやり覚えている。

だが、あとは『なっちゃん！　だめ！』と叫んでいた記憶と、世話をし、必死にあやしていた記憶が光の速さで流れていくだけだ。

――この八ヶ月、ロケットに乗ってたみたいな毎日だったな……

夏芽の後ろ頭を見つめながら、春花はボーッと考えた。

雪人は相変わらず多忙にしている。

実は、春花も四月になったら職場復帰しようと思っていた。

だが企業役員の雪人に子育てを分担してもらうのは、遊馬グループに対する影響が大きすぎる気がして気が引け、退職することにしたのだ。

――雪人さんは急な出張も多いし、代わりにお迎えに行って！　なんて頼めないもんね。一方私は……入社して数年で辞めることになってしまったけれど。……大して影響のある立場じゃなかったからなぁ。

本当は会社を辞めたくなかったが、環境的に難しかった。

――何もかも全部を取らなくていい……んだよね。一度手放しても、また取り戻しに行けばいいんだよ、きっと。

子育てに専念しても、また仕事につくことはできるだろう。

これまでと同じような正社員で始められなくても、簡単な仕事からでいい。

——何かあったら雪人さんとなっちゃん養わなきゃいけないから、仕事は絶対何か見つけるけどね。オンラインの自習講座とか見ながらスキルアップしておこう。

どんな小さな仕事でも、正社員ではなくても、そこからまた『社会人』としての春花が花開いていくはずだ。

——それにもしかしたら、二人目も生まれるかもしれないしね……

今はとにかく、この小さな人が二足歩行して、おしゃべりして、おむつが外せるようになるまでしっかり育てなければと思っている。

雪人に甘えてずっと専業主婦でいようと思ってはいない。

家庭内での業務バランスを最適化しただけだ。

夏芽に手が掛からなくなる日は必ず来るのだから、一極集中でも子育てをやりきるしかない。これはこれで大変な仕事だ。

いわゆる『ワンオペ』のママは、うっかり風邪も引けないのだから。

「なっちゃん、もうねんねしようか」

夏芽は唸(うな)り声を上げながらピアノを叩いている。

「ピアニスト様、もう寝ましょう」

もう一度声を掛けたが夢中のようだ。

春花は玩具(おもちゃ)のピアノを遠ざけて、夏芽のまん丸な身体を抱き上げた。

「だあー！」

「また明日ピアノ弾こうね。今日はねんねしよ、ね？」

通じないとわかっていても、一応これから何をするのか説明する。

これもママの仕事だ。

その時突然リビングの扉が音もなく開いて、雪人が入ってきた。

雪人は『なっちゃんが起きちゃうからそーっと入ってきてね』という春花のお願いを、恐ろしく律儀に守ってくれている。

今なんて忍者のように気配がなくて、腰を抜かしそうになったなんて言えない……

「なつはまだ起きてたのか」

雪人はスーツのジャケットをリビングのハンガーに掛けながら言った。

「ただいま、いい子にしていたか」

「おかえりなさい。今日もピアニスト大先生だったよ」

春花の言葉に雪人が噴き出す。

「もうすこし大きくなったらピアノを習わせようか」

「どうだろう……ただ音が出るから、叩くのが好きなだけかもしれないし」

我が子の才能にそれほど夢を見ていない春花の言葉に、雪人がまた笑った。

「春花はクールだな……いつもながらに思うけど」

「うーん、私に似たら楽器には興味ないかも……って思っただけ。もうちょっと大きくなったら本人に聞いてみようよ」

春花の腕から夏芽を抱き上げて、雪人がふと言った。

「そういえば昼休みに父さんから電話が掛かってきた」

夏芽が生まれてから、ずっと昔に雪人を置いて出ていった父親との交流が、少しだけ復活したのだ。

きっかけは雪人の出産報告に、珍しく返事が来たことだ。

それからやり取りを始めて、八ヶ月の間に少しだけ会話をするようになったらしい。

『とはいえ、三十年以上他人だったから、話す内容なんてなつのことだけだけどな』

雪人は交流が復活した当初、そう言っていた。

『顔を知らない取引先の人と電話で話しているような気分だった。父親と言われても実感は湧かなかったな』

初めて電話を受けた日の、雪人の淡々とした表情を思い出す。

今は、少しでも変わったのだろうか。

自分が父親になって、実父に感謝を覚えた……なんて陳腐な感情でなくていい。

幼い頃に深く傷つけられた雪人の心が、少しでもいい方に変わったならいい。

たとえば『おやじなんてどうでも良くなった』という感想でもいいから……

そう思いながら、春花は雪人に尋ねた。

「なんの電話？」

「いや、なつは元気かって。毎回それだけだよ」

大好きなパパが帰ってきてご機嫌の夏芽にキスしながら、雪人は言う。

「孫のことしか話題がないからな」

「気にしてくれるだけいいじゃん」

孫が生まれても完全無視されるより、自分が捨てた息子と向き合おうと思ってくれている方がいい。

雪人も春花の意見には同意なのだろう。

「まあな。それで良かったらなつの写真を送ってくれと言われたんだ。春花、なつが可愛く写っている、いい写真はあるか？」

「たくさんあるよ！」

そう言ってスマートフォンを出そうとした春花は、はっと気づいた。

——今の雪人さんとなっちゃんと、三人で並んで撮ればいいんじゃない？

雪人の父が八ヶ月目にして、勇気を出して『ほしい』と頼んできた写真。

そこに写っていてほしいのはきっと、孫の可愛い顔だけではないはずだ。

写真の片隅に、息子やその嫁の指先だけでも……そう望んでいるのではないだろうか。春花だって、夏芽の写真を撮っているときに『心霊写真でいいからお父さんとお母さんが写り込まないかなぁ』と思うことがあるからだ。

――まあ、心霊写真の話は雪人さんに爆笑されたけどさ。

そう思いながら春花は雪人に言った。

「三人で今撮らない？　その写真をお義父さんに送ろうよ」

「今？　別に構わないが」

「あ、待って、私が構う！　ちょっと待ってね！　ごめんね、自分で提案しておきながら！」

春花は慌てて洗面所に駆け込むと、ボサボサになった髪を一つにまとめ直した。

次に自室に走り、しまい込んだエンゲージリングをはめる。

それから夏芽が生まれた記念にもらったダイヤのネックレスを着け、鼻先におしろいを叩き込んで、リビングに駆け戻った。

「お待たせ！」

さすがに義父に人生で初めて晒す顔が、子育てでヨレヨレの姿なのは恥ずかしすぎる。

お洒落して写りたかったのだ。

「別に気合いを入れなくてもいいのに」

雪人に笑われ、春花は照れ隠しに唇を尖らせた。

「いいの、入れるの」

春花はそう言いながら、自撮りモードでスマートフォンを構えた。

いつもこうやって母娘二人で写真を撮りまくっているので、夏芽は騒ぎもせずに大人しくしている。

「はい、撮りまーす」

春花はディスプレイに三人がきちんと収まっているのを確認し、シャッターボタンを押した。

夏芽が絶妙のタイミングで笑ったので、なかなかいい写真に仕上がった。

雪人の腕に抱かれた夏芽と、微笑む雪人。それから必死の形相でカメラを構えてシャッターを切っている自分。

──私だけヨレヨレだけど、なっちゃんが可愛いからこれでいいよね。

そう思いながら、春花は雪人に尋ねた。

「この写真でどう？　たった今、撮影したての写真です、って送るの！」

「悪くないな、ありがとう」

「じゃ、雪人さんのスマホに送るね」

ＢｌｕｅＴｏｏｔｈで雪人のスマートフォンに写真を送り、春花は言った。

「なんかさ、この写真さ、なっちゃんがすごく可愛くない？」

「そうだな、ニコニコしてるからいいんじゃないか」

二人で写真をのぞき込みながら言い合い、目を合わせて笑った。

「じゃあそれ送って。あ、雪人さん夕飯食べるよね？」

食卓の椅子に夏芽を抱いたまま腰を下ろした雪人に、春花は尋ねた。スマートフォンを操作していた雪人が顔を上げ、頷いた。

「ああ、ありがとう。……今の写真、『撮影したて』と書き添えて父さんに送った」

翌日、雪人の父から返事が来たらしい。

『お前と嫁さんの姿が見られて嬉しかった』とメールに書いてあったと、帰宅した雪人は言った。

「まあ、俺がおっさんになってて、驚いただろうな」

雪人はまんざらでもない口調で言う。

「イケメンだから大丈夫だよ、全然おっさんじゃないし！」

「何言ってるんだ」

春花の言葉に雪人が笑い出す。その笑顔は、いつもより少し照れ隠し気味だった。きっと彼も、父に今の自分の姿を見せられて嬉しいに違いない。

「あと嫁さんが美人だって書いてあった」

「……お義父さんに気を使わせちゃったね……」

やはりもうちょっと小綺麗にして、せめて着替えてから写真に写るべきだった。そう思いながらの春花の言葉に、雪人は夏芽を抱いたまま笑顔で言った。

「いや、それは本当のことだろう?」

雪人の言葉に同調するかのように、夏芽が『うう』と声を上げる。体をゆする夏芽の様子を確かめ、雪人は明るい声で春花に告げた。

「ほら、なつも『ママは綺麗だ』って言ってるよ」

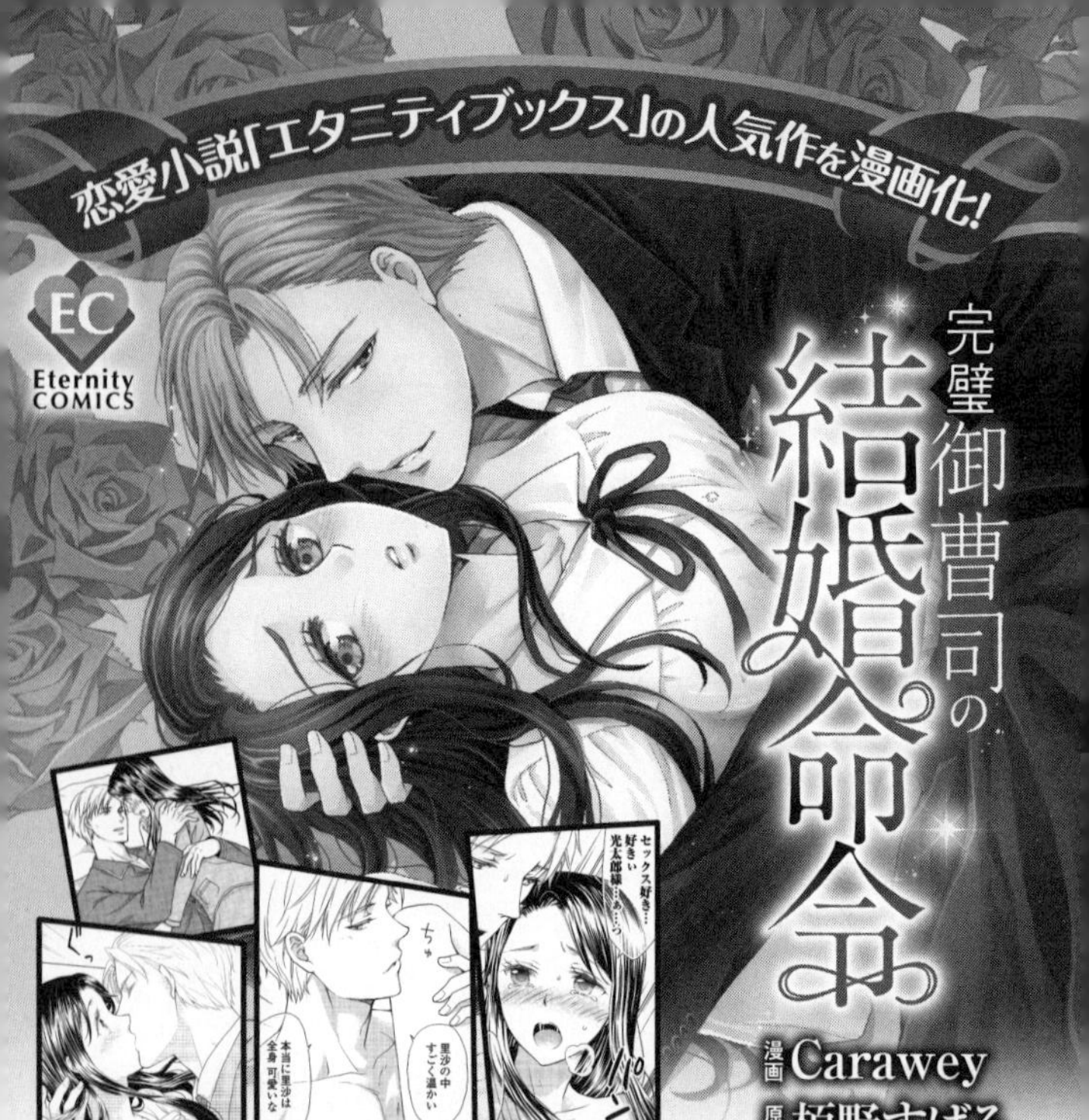

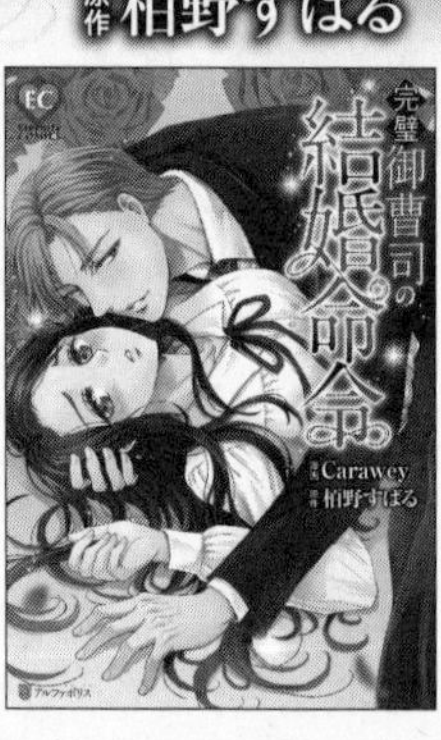

OLの華は近々、退職して留学する予定。…のはずが、留学斡旋会社が倒産し、払った費用を持ち逃げされてしまった。留学も仕事も住むところもなくなる華。そんな中、ひょんなことから営業部のエース外山と一夜を共に！　さらに、自分のどん底状態を知った彼から「住み込み家政婦として俺の家で働かないか？」と提案されて――!?

B6判　定価：704円（10%税込）　ISBN 978-4-434-23649-5

本書は、2018年1月当社より単行本として刊行されたものに、書き下ろしを加えて文庫化したものです。


この作品に対する皆様のご意見・ご感想をお待ちしております。

おハガキ・お手紙は以下の宛先にお送りください。

【宛先】

〒150-6008 東京都渋谷区恵比寿4-20-3 恵比寿ｶﾞｰﾃﾞﾝﾌﾟﾚｲｽﾀﾜｰ 8F
（株）アルファポリス　書籍感想係

メールフォームでのご意見・ご感想は右のＱＲコードから、
あるいは以下のワードで検索をかけてください。

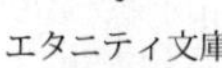

ご感想はこちらから

エタニティ文庫

年上旦那さまに愛されまくっています

栢野すばる

2021年9月15日初版発行

文庫編集－熊澤菜々子
編集長 －倉持真理
発行者 －梶本雄介
発行所 －株式会社アルファポリス
〒150-6008 東京都渋谷区恵比寿4-20-3 恵比寿ｶﾞｰﾃﾞﾝﾌﾟﾚｲｽﾀﾜｰ8F
TEL 03-6277-1601（営業） 03-6277-1602（編集）
URL https://www.alphapolis.co.jp/
発売元－株式会社星雲社（共同出版社・流通責任出版社）
〒112-0005 東京都文京区水道1-3-30
TEL 03-3868-3275
装丁イラスト－黒田うらら
装丁デザイン－ansyyqdesign
印刷－中央精版印刷株式会社

価格はカバーに表示されてあります。

落丁乱丁の場合はアルファポリスまでご連絡ください。

送料は小社負担でお取り替えします。


ISBN978-4-434-29374-0 C0193